飛浩隆

TOBI Hirotaka

鹽津城

しおつき

河出書房新社

鹽津城

目次

装丁=川名潤

鹽津城

未《ひつじ》の木

月曜の夜八時、杖田《つえだ》杏子《きょうこ》は最寄りの駅の改札を抜け、自宅とは反対方向の出口からすこしあるいて「あずま」ののれんをくぐった。まだ若い店主が心得顔でうなずき、紙の手提げ袋を手渡してくれる。白衣の袖《そで》からのぞく腕はカウンターや調度からの明るさを受けて白木《しらき》のように映えている。杏子はその手をさりげなくしかし凝《じ》っと見る。

週に一、二回この小料理屋で夕食の弁当を作ってもらうのが単身赴任中の自分に許している最大の贅沢《ぜいたく》で、といってもお勘定は成城石井でついあれこれ買ってしまうのと大差ないほどささやかなものだし、そのわりに満足感は大きく違う。道を戻り駅を逆に抜け、十分ほどで賃貸マンションにたどりつく。宅配ボックスに荷物が届いているのは、昼間スマホに着信があって知っていた。通販の心当たりはなかった。ステンレスの扉を開けると大きな荷物が見えた。清酒の一升瓶二本ほどの嵩《かさ》がある。それに重たい。だれ、こんなの寄越したのは……荷物を引きずり出す。杏子は大柄で力もあるが、荷物の重心が思ったより偏っていてうろたえ、気を取られて弁当の紙袋がどさっと落ちた。小さく悲鳴を上げてしまう。中身は総崩れだろう。腹立たしい気持ちで差出人をみると、杖田森一《しんいち》とあった。

夫だ。

なんなのよ、もう……七階の自室に入り、キッチンのテーブルに折詰《おりづめ》を置き、となりに荷物を据えた。梱包を取り去ると縦長の木箱が姿をあらわす。正面に高級感のある和紙が貼《は》ってありそこに毛筆で「未の木」と記されている。

「ひつじ、のき?」

木箱の一面はそのまま上へ引き抜けるようになっている。中に入っていたのは一本の「木」だった。小さな植木鉢から三十センチもある木が生えている。枝が四、五本伸びていて、ぽつぽつと花の蕾《つぼみ》がついていた。花束ではなく花の咲く木をギフトにする。いつだったか機内誌の広告で読んだ記憶がある。そこで杏子はきょうが二十回目の結婚記念日だったと思い出す。すっかり忘れていたことにきまり悪さをおぼえながら家に電話をする。出ない。町内会のあつまりだろうか。携帯に掛ける。これも出ない。鉢植えを出窓に置き弁当をひろげる。銀杏《ぎんなん》の素揚げ、白身魚の昆布締め、鴨《かも》ロース、松風《まつかぜ》焼き、ちりめん山椒《さんしょ》を散らした白飯。すべてが攪拌《かくはん》され鮭《さけ》の南蛮漬けの味にまみれていた。苦笑しながらスマホのアルバムで夫の写真をスクロールする。丸顔に丸眼鏡。額の後退を気にして三十代後半で丸刈りにした。口から顎にかけて髭《ひげ》を生やしている。表情が柔和だから小太りに見えるが、実は筋肉質だ。引っ越しの朝、実家の杖田模型店の前で二人ならんだ写真が出てくる。森一はいつもどおりジーンズとチェックのシャツ、店名を黄色く刺繍《ししゅう》した黒いエプロン。杏子は森一より五センチ背が高い。意外にもそれが最新の写真で、この三年、なんども帰郷しているのに写真を撮《と》っていなかったなと思う。アプリをＬＩＮＥに切り替え、「ありがとう」のスタンプを三種類と大きな♡を送る。弁当を食べ終え缶ビールがあいたところで給湯パネルがピピッと音を立てる。脱衣し浴槽に身体を沈める。ざあざあとお湯があふれる。首がみちみち音を立てるように痛む。身体を拭き、かんたんに日記をつけ、翌朝めだま焼きにする卵を冷蔵庫から出す。室温にしておくためだ。ベッドにもぐり込み、ＬＩＮＥが未読であるのをたしかめ充電ケーブルを挿《さ》す。あっという間に眠くなる。なぜだか、夫がすぐそばで寝息を立てている気がする。安心なようで、気詰まりなようで、しかし森一の夢はまったくみなかった。

「花の木？　ロマンチックじゃない」

近くのカフェからデリバリーさせたロコモコ弁当を食べながら、田口夕美《たぐちゆうみ》は言った。中堅スーパー本社の殺風景な会議室だ。田口は食品部門の課長、杏子は地方の小さな製菓会社の東京営業所長で、商談が終わったのにこうして取引先で気の置けない昼食をとっているのは、大学時代の先輩後輩だからだ。杏子は卒業後、実家のある近畿の小さな市に帰っていまの会社に就職した。東京はそれ以来だったから田口に会えたのは幸運だった。

「森一くん、いまいくつなんだっけ」

「四十三」

「そうそうあんたより五つ下なんだった。まだ覚えてるよ。あなたのアパートにかれが押し掛けてきてさ。中学二年だったよね。犯罪的」

杏子は笑い飛ばす。

「模型だか鉄道だかのマニアっぽいイベントで上京してきただけだよ。ちっこい頃から世話してた弟分だからさ。一泊しかしなかったし」

「あやしいなあ」

「だいいちそのころ私、佐原《さはら》くんとやりまくってたから」

いかと明太《めんたい》のパスタをプラのフォークでほぐしながらふと杏子は訊《き》いてみる。

「でさあ、ひつじの木、ってどんな花が咲くの」

「ひつじ？」

「これよ、こう」宙に文字を書く。「ひつじ年の『未』」

ハンバーグを頬張《ほおば》った田口の口の動きが止まった。スプーンを持った手の甲で口元を押さえ、うつむいた。肩がふるえている。

「ご、ごめん。中のものが出ちゃう」ようやく笑いの発作がおさまると、「ふう、鼻にご飯粒が入っちゃったよ。ひつじの木ねえ。ふふっ、今夜かあしたには咲くんじゃない」

田口の頬に血の気が差している。目も少しうるんでいる。学生時代に恋愛関係のうわさ話に興じていたときの表情だ。

「ところで佐原さんていえばさ、亡くなったよね」

さすがに小さく声が出た。まったく知らなかった。

「もう五年くらい？　私はサークルがいっしょだったから連絡がきた」

「知らなかった」

「がんでさ、さいごは身体《からだ》じゅうに転移して」

「五年」

それは杏子が大学在学中、自身の乳がんがわかってから治療が一区切りつくまでの年月とおなじ長さだ。佐原とはそれで別れた。四半世紀近く経《た》って、片方は生きのび片方は灰になった。杏子は痛む首筋に手をやりゆっくりもみほぐす。パスタの残りをフォークに巻いていく。


帰宅してリビングに入ると、なぜ昨夜森一の気配を感じたのかようやく理由がわかった。かすかに体臭がする。森一の匂いは強いわけではないが、コリアンダーの生葉を連想させて特徴がある。出窓の未《ひつじ》が原因だろうか。近寄って鼻を近づけたが、よくわからない。幹の樹皮を爪で引っ掻き、その匂いを確かめようとして、杏子は息を呑《の》んだ。

枝にひとつ、大ぶりな実がついている。

大きさも質感も鶏卵の薄膜そっくりの白い皮にくるまれて、肌色の、よく形のわからないものがぶらりと垂れ下がっている。その中身が、杏子の気配を感じ取ったように――樹皮を引っかかれたことに抗議するように、ぎゅぎゅ、と動いた。

あわてて元箱をたしかめる。底の方に、くしゃくしゃになった白い封筒があった。植木鉢の下敷きになっていて気がつかなかったのだ。中から紙を引っぱりだして皺《しわ》を伸ばす。郷土銘菓にでも封入されていそうな説明文だったが、あせって目が紙の上を泳ぐ。二、三度まばたきしてしっかり読み直すと、「本品は贈り主様にそっくりな『花』をつけます」とあった。杏子はびっくりする。あれは動物ではなく、実でもなく、花なのか。

「薄膜にとろりとした粘りを感じたら、蕾の内容物が成熟したしるしです」

杏子は落ち着きを取り戻した。花の木を冷静に観察するとほかの蕾もたしかに成長していた。説明書きのとおりだとすれば、膜の中で動いているのは森一そっくりの「花」ということになる。まるで想像できなかった。

杏子はスマホを取る。LINEに返事は来ていない。スタンプもぜんぶ未読だった。森一の就寝は早い。あした電話しよう。入浴しベッドにはいり、杏子は両方の手をゆるく握り合わせて蕾の形にし、それを鼻先に近寄せてねむった。爪からは森一の匂いが強くしたが、夢はみない。

かわりに「あずま」の店主の腕のかがやきが何度か過《よぎ》った。

翌朝キッチンに立っておとついの卵が出しっ放しだったことに気づく。ボウルに割り、フライパンに流し入れて蓋《ふた》をする。花のことを思い出す。爪を嗅ぎながら（もうあまり匂わない）様子を見に行って息が止まった。薄膜がやぶれて、植木鉢の横にちいさな森一がねそべっていた。大きさは片手にすっぽり収まるくらい。全裸で、体つきは実物よりむっちりしている。両目はつぶっていて顔は幼く見える。毛は頭部をやわらかくおおっているだけだ。口をもぐもぐ動かしている。大人の面影をのこしたまま森一を「赤ちゃん」にしたらこうなるだろう、と思えた。森一が口にくわえているのは、じぶんを包んでいた膜の切れはしだった。それが杏子の庇護欲めいた感情を動かした。

これは「花」だ。

実のように見えるけれどもこれは花なのだと説明書きにあった。贈り主様の身体の一部を採取しそのエッセンスを「植物」として再構成し幹の組織と一体化しているのだと。

「この木は、贈り主様の姿を花の形状として具体化する3Dプリンタのようなものです。ハナカマキリが蘭《らん》の花をうりふたつに擬態するように、何千枚という微小な花びらや起毛の形状を調整し、贈り主様の遺伝子が可能性として内包する表現型を形にするのです。花は成熟とともに枝から落ちますが、しばらく贈り主様同様に動きます。数時間から、長いものは一昼夜ほども」

杏子はフライパンの火を止めた。めだま焼きの黄身はとっくにかちかちに固まっていたが、朝ご飯どころではない。森一の世話をしなくては。ミルクパンに電気ポットの湯をそそぎ、そこに水を加えて湯加減した。まどろむ森一を左の手のひらに乗せ、ミルクパンの中で泳がせるように沐浴《もくよく》させる。ついスマホの感覚が出てしまい、拇指《おやゆび》で森一の腹をさすってやると気持ちよさそうに身をよじる。四十男の風貌とむっちりした赤ん坊の肉感とがまじりあった姿にはなんともいわれぬ滑稽味があり、ついいたずら心を起こして鼠蹊部《そけいぶ》を撫ぜあげた。

嬰児《えいじ》のように閉じられていた両目がいきなりカッと見ひらかれ、口を半開きにする。

大事なことを思い出したときの夫の表情と、それがあんまりそっくりで、杏子は笑いの発作に襲われたが、花を握りつぶしてはたいへんなので痙攣《けいれん》を耐えしのいだ。やわらかなガーゼで夫を拭いてやり、大きな鉄製の石鹼皿《せっけんざら》と脱脂綿でつくったベッドに寝かせてやると森一はまた目をつむってすやすやと寝息を立てる。

インスタントのココアを作り、百均で買ったマシュマロを入れ、それを一口飲んで、杏子はほっと息をもらした。安堵《あんど》のため息だった。さっき私は指の腹でたしかにあの花を潰そうとした。殺意も害意もない。ほんの一瞬指に力を入れるだけで、無数の微小な花びらで細緻に夫を「擬態」した花はあっさりと破壊されただろう。血の一滴もしみ出ず、音ひとつ立たず、ただ緻密な擬態の構成が毀《こわ》れていく軽やかでかすかに湿った手ごたえをたしかに感じただろう。一瞬の魔はとっくに去って、杏子はきょうあの花をどう持ち出そうかと考えている。帰宅したとき死んでいたらかわいそうだ。転勤まもない頃、奮発して買った網代《あじろ》の弁当箱がある。あの中に刺子《さしこ》の布を敷いてやったら窒息しないし、お尻もちくちくしないのでは。

シンクを片づけ出勤の身支度をし、弁当箱を用意してから石鹼皿の夫をまた左手に乗せる。スマホのボタンを押下して音声アシスタントを起動するように、夫に話しかけてみたくなる。やわらかい無毛の臍《へそ》にそっと指を乗せ、花の頭部にくちびるを寄せる。

「森《しん》ちゃん、聞いてる」

花はくすぐったそうに頭を左右させる。それがかわいい。

「これから表《おんも》へいくよ」

花はまどろんだまま首肯《うなず》いたようである。そうだ、お昼は森ちゃんと分けっこできるものがいい。会社の最寄り駅には早朝から開いているおにぎり専門店がある。杏子の口元がほころぶ。ＬＩＮＥで夫に「きょう天むすを買うよ」と送った。おとついのメッセージにはまだ既読がついていない

＊

月曜の夜八時、集荷に来た宅配便のトラックが去ると杖田森一は店のシャッターを下ろした。少子化で杖田模型店も来店客が少ない。商《あきな》いの中心は希少価値のある廃番品の通販や、注文を受けてのキットの組み立てで、特に後者は森一のモデラーとしての評価が高まるにつれて売り上げも大きくなってきた。本名で航空機、別名で巨大ロボットのプラモデルの組み立てを請け負う。妻に引けを取らない収入だ。前日に注文のあったデッドストックと、半年がかりで完成した模型を発送してきょうの仕事は終わりだった。半田鮨《はんだずし》でビールとつまみ、鮨を五貫かそこら、それと新香巻《しんこま》き。思い描きながらエプロンを外し作業台のスタンドの明かりを消したとき、インタフォンがピンポンと鳴った。液晶に映っている

のはべつの宅配業者だ。シャッターを開け伝票にサインし、荷物を受け取ったところで思わず取り落としそうになる。一升瓶二本分ほどの箱は重心が偏っていたからだ。

作業台に置いて差出人をたしかめると東京に単身赴任している妻の杏子からだった。きょうが二十回目の結婚記念日だったと思い出し、はっと目を見ひらき、口を半開きにした。まあたその顔、という杏子の笑い声が聴こえるようだ。包みをあけて出てきた木の箱には高級感のある和紙が貼ってあり、あざやかな筆跡で「棲の木」とある。

「ねぐら、のき?」

森一が木箱の一面をそのまま上へ引き抜くと、一本の「木」が姿をあらわす。植木鉢と土、高さ三十センチほどの木からは枝が四、五本伸びていて、ぽつぽつと花の蕾がついている。花束ならぬ花の木の贈り物。東京暮らしでこういうところも垢抜《あかぬ》けてきたのか。結婚記念日を忘れていたのがきまり悪いが、スマホを立ち上げ妻に電話を掛ける。出ない。残業だろうか、それとも「あずま」で食事でもとっているだろうか。去年のお盆休みは森一が東京に出向いたが、一週間の滞在で二度もあの店に連れていかれた。杏子が若い店主の手さばき――というよりその腕や手そのものに見とれていたのはよく覚えている。半田鮨へ行くのはやめ、鉢植えを奥の住居に持ってはいり、リビングの出窓に置く。冷凍の海鮮焼きそばとおにぎりを解凍し、缶ビールを開け、スマホのアルバムで妻の写真をスクロールする。店の前で二人ならんだ写真が出てくる。杏子はスーツ姿で、前夜の送別会でもらった花束をかかえている。意外にもそれが最新の写真で、この三年、なんども帰ってきたのに写真を撮っていなかったなと思う。アプリをＬＩＮＥに切り替え、木の写真を撮り「ありがとう」のスタンプを添えて送ったところで、給湯パネルがピピッと音を立てる。風呂から上がると身体を拭き日記をつける。小鍋《こなべ》に汁椀《しるわん》二杯ぶんの水を溜め頭と腹をむしった煮干しを放り込んでおく。手を洗いベッドにもぐり込み、ＬＩＮＥが未読であるのをたしかめ、スマホに充電ケーブルを挿す。あっという間に眠くなる。なぜだか、妻がそばで寝息を立てている気がする。安心なようで、気詰まりなようで、その夜森一は多恵子《たえこ》の夢をみた。


「へえ、杏子ちゃんがねえ。似合わないことするなあ」

「やはりそう思いますか」

店にやってきた人見《ひとみ》多恵子に紅茶を出し、森一はソファの向かいにすわった。多恵子は杏子の同い年で小中高と一緒だった。

「杏子はなにしろぞんざいだからね。森一くんだってさんざんいじめられたじゃない」

「いつもそれ言いますよね」

「だって見てられなかったよ」

森一も同じ町内の生まれだ。小学校に入学したとき杏子や多恵子は六年生で、集団登校班の班長と副班長、杏子は中学三年にもひけをとらない体格で、森一の頭は杏子のみぞおちくらいまでしかなかった。杏子はことあるごとに森一の背の低さや動作の鈍《のろ》さをわらい、からかい、しょっちゅう頭を叩《たた》いたり頬をつねったりした。いまならいじめでひとさわぎあってもおかしくない。

「見てないですよ。あ、これどうぞ」

森一はクッキーをすすめつつさりげなく言った。見てないですよ。そう、見ていない。杏子がなにをしたか、多恵子はほとんど見ていない。下校時は集団ではないからだ。帰り道をとぼとぼたどる森一を、しばしば杏子は待ち伏せしていた。せっかくつくった工作を梅雨で増水した川に投げ捨てられたり、渋柿《しぶがき》をかじらされたり、長靴に雪を入れられたりした。ときには建物と建物のあいだの狭いすき間に引っ張り込まれ、からだを押しつけられ足の甲を長い時間ふまれたこともあった。かたつむりを舐《な》めさせられたときもそんなふうだった。杏子の目は濡れ息づかいが早くなっていた。上級生のひろい腹と発達した両腿《もも》にがっちり押さえつけられているのに、森一にはいじめられている感覚はなかった。頭を叩かれたときも頬をつねられたときも、痛くないよう力を抑えていることはわかっていた。森一はそんな杏子のようすがむしろ面白くて、できるだけオーバーな動作で殻をなめたふりして杏子の反応を観察したのだった。

「あしたの『グリコ』お世話になります」

森一はぺこりと頭を下げる。杖田模型店は小学生限定で週二回、無料の模型教室をひらく。さいごにサンドイッチや稲荷《いなり》ずしをふるまう。照れくさいのでこども食堂とは名乗っていない。多恵子は、おととし民生児童委員を委嘱《いしょく》された縁もあって、友人とふたりで軽食を用意してくれる。「おもちゃ付きの食べもの」なので森一たちはこれを「グリコ」という符牒《ふちょう》で呼ぶ。

「今回は天むす」

多恵子はニッと笑い、紅茶のカップを口元に持ち上げてふかぶかと息を吸った。「ああいい匂い」

「人見さん、ねぐらの木ってどんな花が咲くのかな」

「ねぐら?」

「こうですよ、こう」宙に文字を書く。

茶碗のふちにくちびるをつけた多恵子の動作が止まった。カップを置き、うつむいた。肩がふるえている。笑いの発作がようやくおさまると、「ごめんなさい。お茶が鼻に入りそうだったよ。そうね、今夜かあしたには咲くんじゃない。ごちそうさま」


その夜、店を片づけてリビングに入ると、なぜ昨夜妻の気配を感じたかの理由がわかった。かすかに妻の体臭がする。クミンパウダーを連想させる匂いだ。植物由来だから出窓の棲《ねぐら》が原因かと思って幹に鼻を近づけたがよくわからない。樹皮を爪で引っ掻き、そこを嗅ごうとして森一は眼鏡の奥の目を大きく見ひらいた。

出窓にひとつ、実が落ちていた。鶏卵の薄膜そっくりの白い皮に、肌色の、形のよくわからないものがくるまれている。その中身が、森一の気配を感じ取ったように動いた。あわてて元箱をたしかめる。底に、くしゃくしゃになった白い封筒があった。植木鉢の下敷きになっていたのか。中の紙を引っぱりだして皺を伸ばす。あわてているので目が紙の上を泳ぐ。ばらばらになりそうな文字を、どうにかつなぎあわせると、「本品は贈り主様にそっくりな『花』をつけます」とあった。冷静に観察すると枝には小さな蕾がいくつもついている。これらがみなあれのように大きくなるのか。薄膜の中で蠢《うごめ》いたのは杏子そっくりの「花」であるのか。杏子はあの中で丸まっているのか、かたつむりのように？

連絡をとってみようかとスマホを取りだす。LINEに返事は来ていない。スタンプもぜんぶ未読だった。あしたになればあの蕾は「孵《かえ》って」いるだろう。そうしたら電話しよう。森一は眠りにつく。やはり杏子の夢はみない。かわりに多恵子が紅茶カップを持ちながらふかぶかと息を吸う夢をみた。

「グリコ」は夜七時半に終わり、子どもたちは帰っていった。多恵子ともうひとりのボランティアと店のソファで反省会をする。レシートと引き換えに食材費を多恵子に渡し、残りものを持ち帰り用の容器に山分けし、食器類を洗う。これから寒くなるけれどメニューはどうしようか、煮物やうどんは店に匂いが残るから出せない、ホットサンドはどうかしら、お餅《もち》入りのお汁粉《しるこ》なら匂いが気にならないのでは、など他愛もない話のあいまに情報を交換する。常連の小学三年男子は、町内の子ども会の遠足で、弁当を同級生にふみにじられた。父子家庭でお父さんが作ってくれたおにぎりの不格好さを揶揄《からか》われて大げんかになったとボランティアの女性が教えてくれる。多恵子がこちらをちらっと窺《うかが》った。なるほど、それで天むすかと合点が行く。杏子が森一の弁当をひっくり返したのも町内会の行事で、天むすが河原《かわら》の砂利《じゃり》にまみれるようすは多恵子も目撃していたのだから。

ふたりが帰ると九時近くになっていた。森一は作業台のランプのプラグを抜き、リビングに持って入った。夕方、花が孵りかけているところを見て、そわそわしていたのだ。出窓でランプを灯《とも》すと、棲の木の枝についた蕾はそれぞれに大きくなっており、数日内につぎつぎ孵るのだろうと思われる。しかしけさ花の落ちていたあたりには膜の残骸しかなかった。どこかに動いたのだろうか。床にもいない。さすがに壁やカーテンをよじのぼったりはしないだろう。ふと妻のお気に入りは和室だったと思い出して、みると座布団の上に、小さな裸体の妻が仰向けですやすや寝ていた。どこから取ってきたのか、ティシューペーパーを一枚上掛けにしているのを見て、森一は大笑いした。ひとつ布団で並んで寝ると、きまって杏子に掛け布団をうばわれてしまうのを思い出したのだ。両手両足を大の字に伸ばした寝相がみごとで思わず写真を撮り杏子に送ろうとしかけたが、ティシュー越しに乳首と陰毛が透けているので思いとどまった。茶簞笥《ちゃだんす》から布の茶托《ちゃたく》をひと束取って座卓に並べ、妻をティシューとともにそこへ横たえた。その拍子に妻はころんとうつぶせになり、むきだしの尻がこちらに突き出された。全身は十センチばかり。しかしプロポーションに絶妙のデフォルメがほどこされていて、臀《しり》の量感は実物さながらに表現されていた。森一は左手の上に妻の全身を乗せ、目に近づける。クミンの匂い。スマホを操作するように親指で臀の線をなぞり上げる。妻は熟睡しているのだろう、身動きもしない。いや、花が熟睡するわけはないか――苦笑して花を裏返すと、息が止まった。杏子がアーモンド形の目を大きく見ひらいて森一を睨《にら》みつけていた。ああ、この顔、この若々しさ、怒ったような目はあのときのだ。中二で上京し杏子のアパートに泊まったとき見た姿だ。仰向けの杏子が森一を射すくめるように見た、その目だ。森一の身体は十分に成熟しておらず性交に至らなかったが、森一の目に焼きついた映像のまま いま手の中に精密に出現している。くらくらする。親指で鼠蹊部から下腹、臍、胸と指圧していく。喉元に指をあて、捺《お》さず、しかしそこから動かさない。花は森一から視線を外さない。小さな口が金魚のそれのようにぱくぱく動く。ふいに、あなた多恵子と寝たのと問われた気がして反射的に「いいや」と声が出てしまった。花は目を閉じる。信じたふりをしたのか、あきれ果てたのか、それはわからない。布茶托に寝かせる。ティシューを身体の上にかけ直してやる

＊

どきどきしながら弁当箱をあけてみると花は全身が褐色に萎《しお》れていた。顔が半分だけ生き残っていて、目が合ったので杏子はそくざに蓋を閉める。弁当箱をトートバッグにもどす。

「あれ、きょうはお昼抜きです？」

課長の糸川《いとかわ》が自席でたこ焼きをたべながら声を掛けてきた。糸川のお昼は今川焼きだっ

たり、コンビニの唐揚げ棒だったり、宿酔《ふつかよ》いの日は白菜の漬け物だけだったりとフリーダムだがけっして昼を抜くことはない。味つけ海苔《のり》一袋でもとにかくなにか口に入れる。

「いや、食べるよ」

天むすを業務の続きのようにもくもくと食べる。動揺しなくていい。あれはただの花だ。杏子はおむすびを三つ腹に収め、ラップをパリパリと丸めて捨てた。気持ちを立て直し午後は仕事に集中した。この日はめずらしくトラブルも不意の来客も会議もなく懸案の企画書がはかどり、終業時刻にはジムでワークアウトでも終えたようにせいせいしていた。この二日、未の木のことで頭が占められていたことはじぶんでもどうかしていた、と思う。気持ちを切り替えよう。「あずま」に電話を掛けカウンターを予約し、酒と料理をおまかせで頼んだ。室内に光を回す白木のカウンターの美しさ、食器の色と質感、料理の多様な温度とテクスチャ、そしてすみずみまでゆきわたる清潔さ。味覚もさることながら、触覚の快適さと緊張感の均衡こそがお店で食事をする値打ちなのだろう。真新しい服に袖を通すような期待感とともに、料理は研ぎ澄まされた小さな八寸からはじまり献立が進むにつれて感覚のふれ幅が大きく豊かになり、やがて収斂《しゅうれん》して最後の水菓子になる。店を出るときには身体がすっかり洗濯されたようだった。

だからこそ自宅の前で杏子は身体を固くした。午後から夜にかけて仕事や食事に没頭する振りをして徹底的に頭から排除してきたことがある。昼のあいだに多くの花が孵化《ふか》しているだろうということを。玄関のドアを開けたとたん、強烈な体臭に見舞われることを想像した。足を入れたスリッパの中に森一がもぐり込んでいることを想像した。玄関からリビングへつながるみじかい廊下の両壁や天井に、大小の夫が虫のようにへばりついている情景を想像した。意を決して中に入ると、匂いはほとんど感じなかった。スリッパの中は心地よく乾いていた。壁にも天井にもなにもいなかった。キッチンに入っても朝出たときとなにも変化はないようだった。トートバッグから弁当の包みを出した。開けるのが嫌でそのまま捨てようと思ったこともあったけれど、忌避感はもうなかった。中の花は原形をとどめていない。中敷きにしていた刺し子のハンカチにくるみ食卓に置いた。なにか綺麗《きれい》な空き箱に入れてから捨てよう、と思った。冷蔵庫から卵をひとつ出し、ペットボトルのスポーツドリンクを飲みながら、リビングに移った。出窓の木のまわりでは、いっせいに孵った夫たちが杏子の帰りを待っていた。

ひときわ大きいのは、実物よりも十歳老け、十五キロばかり脂肪をつけた初老の森一だった。ちょっと不摂生すればこうなる未来の森一だった。下腹部に密集した毛にはごていねいにも白髪さえ混じっている。あぐらをかいたその花の背中をよじのぼっているのはずっとずっと小さな森一で、それを見た杏子の手からペットボトルがずるっとすべりおちて床にドリンクがどくどくとひろがった。森一はぴかぴかのランドセルを背負っている。胸には小学校の名札をつけている。新一年生そっくりに擬態した花の、まだ眼鏡をかけていない目からは警戒心がビームのように放たれ一直線に杏子を射る。四十八歳の杏子はおもわず目をそらす。十一歳の私はそうでなかった。そのビームを吸い込まれるように見た。

警戒心、おびえ、好奇心、この子どもはなにもかもがまだ白紙なのだ、そこへずけずけと這入《はい》っていきたい。六年生のわたしが立派ですぐれていることをきちんと教えておくことがこの子どもにとってよいことなのだから。「わたし、杖田杏子。きみ、名まえはなんていうの」名を尋ねるときはまずじぶんが名のる。いまわたしはそういうことをさりげなく教えてあげられた。「さいとうしんいち」「です、は?」「……です」「ふうん。わたしの家はね、おもちゃ屋さんなんだよ。登校班ではあんぜんのためにわたしのいうことをちゃんと聞いてね。そうしたらわたしのおうちによんであげる。ミニカーもプラモも怪獣もあるんだよ、カードもガムも。それからゲームも」森一はきょとんとしていた。なんだ、この子どもはまだほんの幼虫だ。これだけきちんと話してもなにも理解できていない。「じゃあさいしょの日だけは手を引いてあげる」副班長として列の最後尾を守る多恵子がこちらを見ているのを意識しつつ、十一歳の杏子は森一の手をにぎる。

小さな手は日だまりのように温かかった。

杏子は狼狽《ろうばい》した。おまえの手はこんなに冷たいのかとだれかにいわれた気がした。

そのとき杏子はこの子どもがにくいと思った。

スリッパが水びたしになったのが感じられて、杏子は押し寄せる記憶からじぶんをもぎ離すことができた。ペットボトルを出窓に置くと、ほかの花々も目に入ってきた。人生の諸段階の森一たちがそこにいた。鉄道イベントで上京してきたときの、東海地方の大学へ進学し一年半後に目をうたがうほどやつれて帰県したときの、親戚の鉄工所で燭台《しょくだい》や石鹸皿などの工芸品を作りはじめたときの森一。存在しなかった森一もいた。ビジネスマンふうの凝集感を身にまとっているもの、書店員のような愛想のよさと実務能力を感じさせるもの、それらはじっさいには森一の人生に現れることはなかったが、しかし可能性としては存在していて、それをこの木が表現しているのだ。過去へとさかのぼるタイムトラベルから現在へ還《かえ》る途中で、べつの分岐に迷い込んだ夫を見るようだった。

出窓の上にちらばる夫たちをしみじみとした、かなしさのまじった気持ちでながめた。そこから成長もしないし成熟もしない男のスナップ写真。みな、ひとりのこらず、この姿のまま褐色に萎れていき、順番にハンカチの棺《ひつぎ》の中にたたんでいくことになる。杏子は大きな石鹸皿にペットボトルの中身をすこし移しかえ、年格好もさまざまな花たちをひとつひとつつまんでは浸し元の場所にもどす。それで萎れるのがふせげるとは思えなかったけれども。

なぜこんなかなしいものを結婚記念日の贈り物に選んだのだろう。杏子はそれを訊いてみたくなった。スマホを取りだした。やはり夫は出ない。どう考えてもおかしい。月曜以来、ずっと声を聞いていていない。

心臓をぎゅっと摑《つか》まれたような気がした。

森一と最後に話したのはいつだった？　まったく思い出せなかった。

さすがに生家の固定電話くらい暗記している。延々と呼び出し音を聞かされることを覚悟しながらスマホを耳に当てると、「この番号は現在使われておりません」という冷静なアナウンスが返ってきた。

しばらく杏子は、花たちをかわるがわるスポーツドリンクに浸しつづけた。なにをしたらいいのか見当がつかなかったからだ。やがて杏子はぱちぱちぱちと強くまばたきをした。じぶんを鼓舞するときききまってするしぐさだった。スマホの画面を切り替え翌日の新幹線と在来線の座席を取った。おそい時間だったが課長の糸川に電話を掛けた。糸川は出た。それがなにか特別な救いのように思えた。ごめんなさい、夫の具合が思わしくなくて、あしたはやく実家に帰ります。時間を見つけてかならず本社に寄るから、連絡はそこにね。

花たちをひとつひとつ湿《しめ》したティシュにくるみ、密閉容器に入れて、冷蔵庫に仕舞った。ひんやりと清潔な庫内はＳＦ映画の冷凍睡眠室のようだった。ここに還るときまでかれらはいまの姿を保っていられるだろうか。

眠れなくても身体を休めておくべきだ、とじぶんに警告する。カーテンを引きすべての明かりを消しベッドの中でかたつむりのように身体を丸める。闇の中心で光を灯す。スマホのアルバムには夫の姿があった。花束を抱えた自分のとなりで、黒エプロンをつけて丸い頭丸い眼鏡の森一が笑っている。それをたしかめ電源を切った。部屋はまっくらになった

＊

朝日を浴びた富士が左手後方に過ぎてゆき、のぞみ一〇八号はまもなく酒匂川《さかわがわ》の橋梁《きょうりょう》に

差し掛かる。

杖田森一はウールのジャケットを羽織った以外はいつものかっこうで山側の窓際に座っている。引き倒したテーブルには飲み物も食べ物もない。充電中のスマホが伏せてあるだけだ。

昨夜、六時過ぎに早々と店の片づけを終えると、ランプだけでなくルーペを何種類か、それにスケッチブックなどの画材もリビングに持ちこんだ。花の擬態を細部にわたって観察したかったからだ。植物のスケッチは好きだったし、自信があった。杏子はそれを望んだからこそこの木を贈ったのではないかと思っていた。

鉄工所で工芸品を作っていた頃、一度だけ杏子をスケッチした。いまのように改装するまえの杖田模型店の奥の座敷のくらい蛍光灯の下で、杏子は服をぬぎ全身を森一にさらした。右の乳房は豊かに持ち上がり、他方はふかく抉《えぐ》られ窪《くぼ》んでいた。森一は衝撃を受けた。逞《たくま》しかった腿もげっそりと肉が落ちていた。「私の男に見せるんだからきれいにかいてよ」と杏子はいい、座卓に片方の肘を置いてあぐらをかいた。森一はナイフで鉛筆の先を入念にとがらせ、スケッチブックを広げた。四時間かかった。杏子はその時間を耐え抜いたが、しまいにはすっかり冷えたのだろう、盛大なくしゃみをしつつ、森一からスケッチブックを受け取った。見開きの片方のページいっぱいに杏子の左目がどのような図鑑も及ばない精密さで描かれていた。反対側にはくちびるとその奥にのぞける前歯が描かれていた。次の見開きでは豊かな乳房と欠け落ちた乳房がならんでいた。四枚の絵は正確に左右反転させて描かれていたのだった。鏡でみるのとおなじ形だから、杏子はこのたくらみに気がつきもせずすんなり受け入れるだろう。最も技巧的な嘘が最も真実に近づく。心の中でそう嘯《うそぶ》いていた。しかし、杏子はくしゃみをつづけながら「これ画料ね」と森一のポケットに一万円札を何枚か捻《ね》じ込んだ。たまにはましなものを食べたら、とも。絵はただの口実だった。森一は赤面した。ぐいと万札を突っ込む冷たい手の率直さの前では羞《は》ずべき小細工だった。いらい杏子を絵に描く機会はない。結婚後いちど描こうかと提案したが杏子は笑って拒否した。だが森一が植物のスケッチを続けているのは知っていた。その杏子がじぶんの似姿を花にして、しかも結婚記念日に贈ってきたことに森一は含意を読み取りたい。お返しとして二冊目のスケッチブックを贈るのはどうだろう。さいしょに咲いた花はまだまだ元気だったし、今夜はほかも開花するだろう。薄膜から透けて見えていたのは、人生の諸段階の杏子の姿だった。登校班長の、大学生の、画料をくれたときの、いま現在の、十歳年をとり十五キロ余計に脂肪をたくわえた妻の姿だった。たくさんのスケッチができる。めったにないほどの高ぶりを自覚しながらリビングに入った森一が見たのは、年格好もさまざまな十人あまりの妻たちがむごたらしく破壊されたようすだった。

視界のすみでなにかがうごいた。のら猫でも忍び込んだのか。

ちがった。

前の日に孵化した大柄な杏子が、ちいさな花にのしかかり、顔面を押しあてて、繊細な花弁の結合を食い散らかしていた。植物だから動きはきわめて緩慢だ。うごいて見えるか見えないかのぎりぎりの速度で、精悍《せいかん》な杏子がちいさな杏子を分解していく過程が、うごかせない運命のように着実に進行している。人生の諸段階の妻たち——あるいは可能性としては存在していたけれども、杏子の人生にはついぞ現れなかった表現型たちを、今日いちにち森一が店で働いていたあいだじゅう、この杏子が、抹消しつづけていたのだ。運動神経抜群で素直な健康優良児、ずけずけとものは言うが人への配慮を欠かさない営業職。しかし建物と建物の隙間では、模型店の奥の座敷では、森一の前ではかいまみせたものを、いまこの花が全面的に、完全に、すっかりさらけだしている。この世に私いがいの私がいることにがまんできない私。それが杏子だ。森一はスケッチブックを広げた。鉛筆ではなく太い木炭を取った。のしかかる妻のうしろすがた——肉のもりあがった肩、幅ひろく分厚い背中、ふたつの尻の盛り上がりから連なる逞しい脚、堅い足のうらまでを、わずか十にも満たないストロークで紙の上に殴り付けた。スマホを出しスケッチの写真を撮り、それを待ち望んでいるはずの杏子に送信しようとして、それまでのＬＩＮＥが未読のままだと気がついた。

　杏子と最後に話したのはいつだった？　まったく思い出せなかった。

　ゴッ

　橋梁の上に出ると新幹線の車体をつつむ空気が変わる。森一はジャケットの内ポケットから紙の切れはしと鍵を取りだす。杏子の賃貸マンションの合い鍵。紙は、電話台の後ろの柱にぶら下げた小さなアドレス帳——商工会でもらった手帳の付録からちぎりとったページだ。杏子の住所を書いたものは家中さがしてこれしかなかった。たたんだ紙を開く。いっけん普通の文字と見えるけれども、偏と旁《つくり》の組み合わせがでたらめな、実在しない文字がならんでいる。

この新幹線がはたして東京に着いてくれるのか、森一はそれさえ自信がない

＊

在来線のホームから改札へわたる跨線《こせん》通路への階段を杖田杏子はのぼる。気は急《せ》いているが、家に近づくことが恐いとも思う。自動改札の機械が入っていた。駅前のロータリーもみちがえるようにきれいになり、個人商店がまとまっていた小さなアーケードは再開発でビルになっている。杏子は驚愕《きょうがく》し立ちすくむ。たしかに先月、報告のために本社に帰っていたはずなのに、こんな大きな工事がされていただろうか？　見覚えのあるのは古い慰霊碑くらいしかなく路線バスの乗り場もわからないのでタクシーをつかまえた。十分もかからず着く距離だが、座席でもそわそわと落ちつかず、ついにトートバッグから封筒をとりだす。「末の木」の説明書きだ。末尾の会社情報はすべてでたらめだった。郵便番号も市外局番も存在しない。県も市も字面《じづら》が実在のものに似ているだけのフェイクだ。

「贈り主そっくりに擬態する花の木」。

考えれば考えるほどありえない話だ。しかし私の家に「末の木」が届き、その贈り主は

夫であり、木が夫の人生の諸段階を走馬灯のように開花させたのはたしかなことではないか？　運転手に気づかれないようトートを覗《のぞ》き込む。ジップロックの袋に保冷剤とともに入れたティシューの包みがそこにあることを確認する。未の木はまちがいなく実在する。あれは実際に――

ゴッ

頬をぶたれたように目を上げる。
タクシーは町の真ん中に架《か》かる大きな橋の上に出る。車体をつつむ空気が変わる。
卵を一個出しっ放しにしてきたと杏子は思い出す

＊

「あずま」は実在した。この駅でまちがいなかったのだと森一は安堵する。紙切れの文字は読めなかったが、スマホの地図アプリを開き、諳《そら》んじていたとおり音声入力した。それがたまたまうまくいったのだ。のれんは出ていないが、中で人の気配がする。昼には店を開けるだろう。記憶に従い駅の反対側の出口に出て、杏子の賃貸マンションに向けて歩いていく。
「あそこのお刺し身おいしかったでしょう」――ふいに杏子の話しぶりを思い出し、森一は小躍りしそうになる。たしかにじぶんたちはあずまで食事をし、そこから賃貸マンションまでの夜道を歩いた。その記憶はある。「たぶんあのご主人、手が冷たいんだと思う。切りつけがひんやりしてる。だからおいしいのよ」ふたりは手をつないでいる。杏子の手は冷たい。見覚えのあるベーカリーの看板に差し掛かる。「ここで曲がるんだよ」登校班長を意気揚々と務めていたころの杏子の声を思い出す。曲がってすこし進むと、よく似た賃貸マンションが三棟並んで建っていて、その真ん中が杏子の住まいだ。

しかし賃貸マンションは二棟しかなかった。

森一は愕然《がくぜん》とした。

それはマンションが消えていたからではなくて――

＊

杖田杏子は呆然《ぼうぜん》としていた。

そこにあったのは改装前の杖田模型店で、正確にはすでに模型店であることをやめた空き家だった。杏子が跡を継がないとわかってからも両親は身体が利かなくなるまで商売を続け、やがて店を閉めた。つい先年相次いで亡くなるまでふたりはここに住んでいた。いまは空き家で、懇意の不動産屋に管理だけしてもらっている。看板は昔のままだ。ショーウィンドウのガラスはくもり、その奥で大きなジグソーパズルの完成品が額装されていた。日に焼けて青白く色褪《いろあ》せ、反《そ》り返ったためにピースがたくさんこぼれおちていた。

しかし呆然としていたのはそのためではなくて、じぶんに夫はいないのだとまるで夢からさめるように思い出したからだった。

がんを生きのびるのが精いっぱいで結婚する気になれなかったというのはいいわけだ。見切った胸を見せたくないというのもいいわけだ。この胸を見てほしかった相手はいた。見てもらい、それを得意な絵に描いてほしかった。けれどもその相手はがんがわかったときには死んでいた。中二の夏、鉄道のイベントからの帰り、駅の直前で発生した脱線事故で。駅前の慰霊碑には彼の名も刻まれている

＊

――マンションが消えていたからではなくて、じぶんに妻はいない、はなからいなかったのだとまるで夢からさめるように思い出したからだった。

大学卒業前に病気が見つかった杏子は、ほどなく故郷に帰り入院と退院をくりかえし結局、二十代の半ばで亡くなった。森一は入院中の杏子に何枚となくはがきを送った。鉛筆の先をとがらせ、花を描いて送った。木々を描いて送った。上京した夜の目を描いて送った。手を描いて送った。その手の冷たさを森一ははじめて手をつないだときからいとしく思っていた。杏子の孤独で、狷介《けんかい》で、しかし気高いたましいをよく映していたからだ。

一周忌のあと両親から丁寧な礼状が届いた。小学生以来十数年ぶりに杖田模型店の古い

ガラス戸の前に立った。鉄道模型の話題で父親と意気投合した。母親は小学校時代の思い出話を好んだ。十年後、廃業するのはしのびない、この店をきみの好きにしないかと持ちかけられて、いまでも賃料は施設で暮らすかれらの収入になっている。

森一はスマホをひらく勇気がない。杏子の死を思いだしたいま、そこになにかの写真があると確信できない。こうでないい世界があり、その世界とこの世界がかぎりなく近づき、接し、また離れていく。それが痛いほどわかった。離れて遠くなる。剝離《はくり》のノイズも薄れていく。

この駅に来ることはもうないだろうから、森一はあずまに寄ってランチの松花堂弁当を注文した。銀杏の素揚げ、鴨ロース、松風焼き、鮭の南蛮漬け、ちりめん山椒を散らした白飯。白身魚の昆布締めにはさくりとした歯切れの良さと、ねっちりとした旨《うま》みの両方がある。これを杏子に食べさせたかったなと森一は思い、なぜそのようなことを思うのだろうと不思議に感じる。不思議といえば、知らない駅の知らない店で昼食をたべていることもそうなのだが

＊

すっかり夜も更けてから東京の自宅に戻ると杏子は冷蔵庫の中をたしかめた。なぜそうしたかはわからない。たしかめるべきものがあると思われたのだったが、そこには空《から》の密

閉容器しかない。

「あれ、杏子じゃない」

きょうの昼間、実家の空き家の前から立ち去ろうとして、たまたま通りがかった多恵子に声を掛けられた。

「どうしたの、出張?」

「うーん、まあね」

言葉を濁した。ここでだれかが模型店を継いでくれている、暮らしてくれている。その男に会いたくてここに来た。そんなことを言っても理解されるはずはない。多恵ちゃんこそさいきんどうしてるの。うん、わたしね、民生児童委員になっちゃってさ。ええっ、えらくなっちゃったねえ、わたしなんかちっこい頃いじめっ子だったからな、だれにもやってくれなんて言われないよ。班長と副班長はけらけらと笑いあう。笑いながら多恵子がそう言えばあんた齋藤《さいとう》くんがお気に入りだったねえとからかってくれないかなと期待している。けれども、つぎに帰ったときは半田鮨で一杯やりましょうと約束しただけで別れた。

リビングに入ると出窓のあたりがなぜかがらんとして感じられる。つい今朝までそこになにかがあり、そうして失われたのだ。こうでない世界があり、その世界とこの世界がかぎりなく近づき、接し、そして離れた。剝離のノイズも波紋のように静まって、それがなんだったかもうわからない。その場所に手を置く。一瞬だけ日だまりのあたたかさが感じられ、すぐに杏子の冷たい手に吸い込まれてぜんぶ消えた。

ジュヴナイル

「かおるさんとこで、晩ごはんを食べない？」

キミカが誘ってきたとき、ユートは意味わかんないと思った。午後四時の日差しはまだ痛いくらい暑い。

「ありえないでしょ。いちどで懲《こ》りた」

「いいからいいから。おもしろい話をきいたんだ。うちのハハ、こんや出張だからつきあったげる」

染井《そめい》かおるさんは高齢の父親がたたんだ喫茶店を週二回、夜だけ開けて、こども食堂をやっている。完全な持ち出し（本人いわく道楽）らしくて、でも校区にふたつあるこども食堂のうち、こっちをえらぶのはよほどの変わり者か、もういっこの「なかよしダイナー」で出禁をくらってるような奴らだけだ。

なぜって、まずいから。

「塾が七時までだからむかえにきて」

毎週金曜、ユートは家を追い出される。両親の「センパイ」が飲みに来る。十二時まで帰ってくるなといわれる。キミカにはそんな事情はない。つきあってくれるのはキミカの勝手だ。かえり道、手をつないでやるとうれしがっているのは、かわいいかもとユートはおもうし、悪い気分はしない。

「おもしろい話って」

「新顔がいるんだって」

夏休みがおわって、ひとり転校してきたのは知ってる。

「柘植《つげ》先生のクラスでしょ」

「それでね？」キミカはユートの耳に口を近づけてくる。制汗剤の匂いがする。「その子といるとね、『かおる飯』がおいしくなるんだって」

「ないない。ありえない」

キミカは真顔になる。

「いいから来て。それと大事な……言っとくことがある」

その夜は、ソーゴとかルイとか詩乃理《しのり》とかやっぱりろくでもない連中が集まっていて、おおきなテーブルには人数分のごはんとみそ汁がならんでいた。

「なんだよデートかよ。キミカ、母ちゃんにいいつけるぞ」

詩乃理が足をぶらぶらさせて不機嫌そうにいう。一年生が六年生につかうことばかよとユートは思う。

「どうぞ。ハハは勉強おしえてもらってるっていえば納得するもん。こいつテストだけはいいもんね」

　ユートは聞こえていないふりをする。ポットの番茶を湯飲みにそそいですわる。

向かいにいるのが、その新顔らしかった。四年生かと思うほど小柄で、色が白くてぽちゃぽちゃしている。ひとえまぶたの目はほそく長い。口もとはちんまりしている。そしてむっつりだまっている。

　厨房《ちゅうぼう》からかおるさんが出てきて、アジの開きの焼いたのとカリフラワーの茹《ゆ》でたのをならべはじめると同時に、あきらめの空気がひろがった。なま焼けの部分と焼けすぎでカチカチのところを一枚の干物の中でまだらにするなんて、かおるさん以外にはできない。ラテンっぽい派手な柄《がら》の大皿に盛られたカリフラワーは三房分くらいありそう。取り分けるためにはしでつまむと、カツンとした感触がある。ほんとうに茹でてあるのか？　そして調味料はない。マヨネーズすら。たまりかねたようにソーゴが口をひらく。

「たのむよ、ニワ」

　ほら、とキミカがひじでわき腹をつつく。はじまるよ、すごいことが。そう目でいっている。

　ニワと呼ばれた転校生はちいさなくちびるをひらく。ボーイソプラノの声がはじめちょっと息ぐるしそうに、ほそく押し出されてくる。

　――ぼくたちはレストランにいる。大きなテーブルに着いている……。

ニワの声は、どこか見えない場所にかかれた文章を読み上げるかのようによどみなく流れだす。テーブルの木材はオレンジ色に近いあざやかな茶で、栄樹《ブライヤ》の根でつくった喫煙具のように美しい模様がいちめんにちりばめられている。ニワの声がそう読み上げただけで、なぜだかユートはその場面をありありと思い浮かべることができる。ことばはユートを外から侵食するのではなく内側から感覚を開発する。発明する。そう、ここはレストラン。音もなく黒いシャツとエプロンをつけた給仕が歩いてきて、オーバル型の鋳物《いもの》のなべをテーブルマットに載せた。鉄の肌から輻射《ふくしゃ》される熱をこどもたちの頬《ほお》は感じとる……。みんなはニワの声とことばを聞いているだけで、テーブルの上ではなにひとつ変化はない。しかしユートには見える。鋳鉄《ちゅうてつ》のなべの黒くざらっとした地肌。楕円型《だえんけい》の器の右半分にまるごとのカリフラワーが据えられ、左半分ではローズマリーの小枝の下にかりっとグリルされたカマスの大きな身がみえている。ニワの声が読み上げる文章と寸分の違いもないものを思いえがいている確信がユートにはある。キミカもソーゴもルイも詩乃理も、そしてかおるさんもひとりのこらずそうだろう。この体験のすべてを喚起してくれているのは、ニワがしずかに読み上げる文章なのだ。カリフラワーは二時間以上もかけてじっくりとオーヴンでローストされ、純白の蕾《つぼみ》が密集する表面はうす金いろの焦げ目で均一におおわれている。芳醇《ほうじゅん》なアンチョヴィバターが熱で溶けてながれてその焦げ目や蕾の目地や微細な森の木々のような白い茎のすみずみにまでしみわたったところへ、黒シャツの給仕は大きなフォークと大きなスプーンをたくみにあやつりはらぺこのこどもたちに取りわけてくれる。

やわらかいのにしっかり形をのこして仕上げられたカリフラワーが、素焼きのテクスチャをもつ濃紺の丸皿に移され賽《さい》の目に切ったさくさくのガーリックトーストとみどりあざやかなパセリの微塵《みじん》切りが散らされる。

野菜のまる焼き。

魚よりもまずそちらに食指をそそられこどもらはカトラリーを使うのももどかしくカリフラワーにとりかかる。口もとへ近づけただけですがすがしくもあまやかな野菜のかおり、アンチョヴィと乳脂肪の濃い匂いが顔の下半分をふわりとつつむ。口に入れるまえにもう、ズズズズズズ――

こどもたちの感覚は横方向、縦方向に空間を音たてて押し広げ、黒と銀を基調にしたモダンでシックなレストランの内装をえがきだしている。首の長いステンレスの花瓶にはなまえを知らない赤い花とサーベルの刃みたいな緑の葉が挿《さ》してある。革張りのいすの背は頭よりも高い。鏡、窓、そして円筒形のすりガラスを組み合わせた照明は空間の光をパーティ会場の談笑のようにカクテルして料理をめいめいの皿からうかびあがらせる。料理はこどもたちを魅了する。野菜の細胞のひとつひとつがいっせいに花開きその内部にぎっしりと詰まっていた美味をときはなつ。歯と舌と頰の内側で食感とかおりを攪拌《かくはん》しているうちにその奥から滋味が果てもなくにじみ出て口腔《こうこう》とのどが歓喜の声なき声をあげる。そして魚。かりっと焦げめをつけられた皮の裏でひそかに泡立つ脂《あぶら》、みっしりと目の詰んだ身。しっかりと振られた塩と完璧な加熱がカマスの生命をあまさず抜き出し食べ手に突きつけてくる。美味とは暴力の一類型なのだと教育するかのようだ。こどもらは野菜と魚をかわるがわる取る。性質のことなる二つの命を取りあわせて口の中でひとつの調和にし喉のおくへ身体の中へと取りこんでいく。すべての感覚を食事に集中できるのは、黒と銀のしずかで快適な空間のおかげで、

しかし、

その外は？

その外は？

ユートが、

ユートだけがふと上を――レストランの天井方向を見あげた。こどもたちを囲う黒と銀のかべはそのまま垂直に立ち上がり、途中で色を失い、ほのかに黄色みをおびて白く自照する四つの平滑な面になってどこまでも続いている。その中ほどに――中空に、ニワが所在なげに浮かんでいた。ぺたんとした女の子ずわりで、右手の人さし指を口もとにあてていたが、なにかの意味のある所作ではなく、だれしもがひとつは持つすっかり油断したときのポーズなんだろうなとユートは思った。

「えっ」

遅れていたおどろきがようやく追いついて、ユートは声をあげた。するとも上からもはっと息をのむ気配がつたわった。ユートとニワの目が合った。

「あの子きらい」

夜の道をキミカはずんずん歩いていく。ユートは遅れないように追う。ニワのことをかんがえている。あれはなんだ。あれはいったいなんだったんだ。ニワはなにを「読んだ」んだ？　混乱が鎮《しず》まらない。そう、ニワと目が合った瞬間、風船がぱんとはじけるように豪勢なディナータイムはおわった。食事はきれいに平らげられていて、みんな満足そうだったがどこか当惑した気配もあって、それはきっとニワがあの世界をとつぜん中断したからだろう。

「あの子、きらい」

「なんでさ」

ユートはことばを慎重に選ぶ。なんでさ、だってすごいじゃん。あんなことができる奴なんていないよ。だいたいキミカが誘ったんじゃないか。でもそんなこと言ったら途轍《とてつ》もなくめんどうなことになるのでだまっている。

「ずっとユートのこと見てたよ。キモっ」

ユートはひるむ。そうだったっけ？　そしてひるんだことに狼狽《ろうばい》する。そのことに気づきたくなくて思考をニワにもどす。上にいたニワのことを思う。ニワはみんなに語りかけいっしょに食事もするけれど、同時に、いつもああやって浮かんでいるんだ。みんなはことばのご馳走《ちそう》に溺《おぼ》れむがむちゅうであじわう。それを見下ろすでもなくけいべつするのでもない。ニワは放心している。あそこにいればだれにも気づかれない。安心できる。安心できるとじぶんを信じこませられる。そこまで考えてユートはぴたりとあるけなくなった。いいあらわしようのない感情が吹き上げてきて足が動かせなかった。目の前が真っ赤になるほどの怒りが来てそれが去ると、泣きそうになり必死でこらえて自分の足をにらむ。その視界に赤いスニーカーが侵入してユートのつま先と向かい合った。

「……だよ?」

キミカはずっとなにかを話していた。でも聞いていないから返事ができない。

「聞いてなかったでしょ。大事なことなのに」

「聞いてなかったよ。で、なに」

「あたし私立にしたの。公立中学へはいかない」

「それで?」

いきなりキミカが抱きついてきた。黒いひとみが視界をおおう。鼻と鼻がぶつかる。キミカの口がなにかをもとめてユートの顔をまさぐる。Tシャツのえりから、うすれた制汗剤をおしのけて汗の匂いがたちのぼる。キミカ。裕福で、成績優秀で、かわいくて大人びていてそんなじぶんじしんを憎むキミカ。ちがう。これじゃない。これはちがう。おもわずユートはキミカを押しのける。

「ふーん」

からだを離すとキミカはくるっと向きを変えて、LED街灯のなげるしらじらとした光の輪の向こうへ消えた。ユートはため息をついた。

十二時までまだ三時間以上もある。

ない。この街にはなんにもない。十時に書店が閉まった。親がくれた三百円はファミレスのドリンクバーには足りないし、ふだんならキミカがスマホを貸してくれるけどそれもないから間がもたない。十一時までならスーパーの休憩スペースで紙コップのコーラ九十円という選択肢がある。で、そちらに向かうとちゅうコンビニの窓越しにニワの姿が見えてユートははっとした。

ニワはイートインのテーブルにノートを広げていた。高校生とかがつかうような大きくて罫《けい》のせまいノートにおおいかぶさって文字を書いている。シャープペンの先は一瞬もとまらない。ユートは身じろぎもせず見まもる。ニワは没入しているようであり放心しているようでもあるふしぎな表情をうかべてまたたくまにページの半分をびっしりと埋める。シャープペンの先が句点を打ったのか小さく回って、ニワがユートを見た。ここに来ることがわかっていたみたいに落ち着きはらっていた。そとに出てきたニワはスーパーのレジ袋をさげていた。見切り品のパンがたくさん入っていた。

「まだセンパイは帰らないんですか」

ニワはひとりごとのようにぽつんと言った。ソーゴやルイとの会話を聞かれていたのだとユートは思い出す。反発をおぼえて、

「だったら?」

「ぼくの家で時間をつぶしませんか。うちの母はまだ帰ってこないので」

十五分歩いて校区の境界近くまで来た。穂が垂れはじめた水田のかたわらに三階建ての市営住宅があってニワの家はその一階だった。郵便受けのプレートを見ると丹羽という名字じゃなかった。平景子《たいらけいこ》。そして、庭彦《にわひこ》。ああそれでニワか。重いスチールの扉を開けて入ると、3LDKの間取りは以前ユートが住んでいたべつの公営住宅とうりふたつだ。開けてない段ボールがいくつも積んであるのは、越してきて間がないせいだろうが、それなのに台所には口をくくったゴミ袋がいくつも積まれていた。一年もしないうちにゴミ屋敷だな、とユートは母方の祖母の家を思う。テレビのある六畳間は比較的ましで、ユートはざぶとんにすわった。

「はい」ニワは水を入れたコップを出した。あいかわらず表情がほとんどない。「なんにもないけど」

「たしかに」ユートは苦笑する。そして単刀直入にきく。「あのとき、目が合ったろ」

「はい」

「そのあとなんで俺をじろじろ見たんだよ。彼女とケンカになったじゃないか。彼女じゃないけど」

ふふっとニワは笑った。意外にかわいかった。

「見つかったの、はじめてだったから」

そっか、とユートはため息をついた。やっぱり見つけてほしかったんだ。ニワの言葉の魔術がどうやって起こるのかはかいもく見当もつかない。けれどもニワはその言葉の中にじぶんじしんのすがたも編み込んでいる。言葉をきいているユートたちは、料理やレストランとおなじようにじつは空中のニワも思い浮かべている。だのに上のほうにいるから気がつかないのだ。

「だれも気がつかない？」

ニワはこっくりとうなずく。

「思い浮かべているのに？」

やはり、うなずく。

「そうか。おまえ、さみしいな」

「うーん」ニワは首をかしげる。「べつに。パンを食べる？」

「いや、あそこのしょっちゅう食ってるし。飽きた」

「ふふ」

「さっきコンビニでなに書いてた？」

「しょうせつだよ」

「小説。小説なんておまえ書けるの」

そうはいったが、書けるに決まっていた。ニワは読み上げるように話した。暗記してではなく、頭のなかで小説を書きながら同時にそれを朗読したのだ。ユートの家に小説はない。学校の図書室に足を向けたこともない。でも国語の教科書に載ったみじかい小説はきらいじゃなかった。小説ってこどもでも書けるのか。読みたい、とユートは思った。そう口に出すまえにニワはあのノートを差し出し目の前にひろげた。読もうとしたとき、それをじゃまするかのようにじゃりじゃりと自動車のタイヤが小石を踏む音をたて、住宅のまえに軽自動車のとまった気配がある。お母さんが帰ってきたのかな。バタンとドアの閉まる音が聞こえて、車はまた動き出す。小石の音をききながらユートはノートを受け取り小さな文字をのぞき込む。

「かおるさんとこで、晩ごはんを食べない？」

キミカが誘ってきたとき、ユートは意味わかんないと思った。午後四時の日差しはまだ痛いくらい暑い。

「ありえないでしょ。いちどで懲りた」

目を――いや全身をもぎ離すようにしてユートはノートを畳に伏せた。午後四時の日照、キミカの声、そのまるごとが記憶から引きずり出され目の前に横たえられたようだった。なんだ。これはいったいなんだ。伏せたノートをおさえる両手がふるえている。

玄関で鍵を回す音がし、ドアがあいてまた閉まった。台所に入ってきた女性の姿は六畳間からでも見える。まだ九月の半ばというのに長い白いコートをだらりと着て髪は腰までまっすぐ伸びている。女性は重そうなトートバッグを食卓に置きコートから体を抜く。ノースリーブのぺらぺらな黒いワンピースは下着みたい。「まだ起きてんの」「ばっかじゃない」「寝なよ」女はニワに矢継ぎばやに声を投げるとそれで親の役目は果たしたとばかりにやせこけた肘をテーブルに突き背中をまるめて総菜パンをかじりだす。魚フライのハンバーガー。バンズにしみついた魚くさい油、タルタルソースでべしょべしょに溶解したフライ衣、干物みたいなスライスオニオン。その味をユートはまざまざと想像する。吐き気が込み上げる。と、女は、とつぜん背を真っ直ぐのばしトイレに駆け込む。しぼりだすようなえぐりだすような声と、吐物がびちゃびちゃと便器をたたく音がきこえた。

ユートは手元に目を落とす。ノートの表紙には油性ペンで「ジュヴナイル」と書いてある。ジュヴナイル。英語？　なに語？　ニワがいう。

「つづきを読んでください」

その声が強烈な光となって照射したかのようにユートはじぶんをめぐる状況のすべてを明瞭に理解する。いま帰ってきたニワの母親は派遣型性風俗の従事者でありトイレの中で彼女は客にのまされたものを吐き出している。ユートの両親は振り込め詐欺の末端で「受け子」をしておりセンパイとはその上位者だ。気弱な両親は借金の弱みから組織に巻き込まれ抜き差しならない状況に陥っており、ユートはもちろんうすうす気づいていてとてもこわくてそれを両親も知っていてだからぜったいにセンパイに会わせないようにしてくれている。「ごめん、帰る」立ち上がる。胸騒ぎがまっくろにうずまく。十二時まではまだ一時間以上ある。帰ってはいけない。でも帰らなくてはならない。よくないことが起こる。よくないことが起きる。ユートは夜の家路をたどる。街灯のなげる輪をつぎつぎくぐりぬける。あの子きらい。キモっ。あたし私立にしたの。ユートはどこいくの。そんな凄《すご》い形《ぎょう》相《そう》でどこへいくの。ニワ。庭彦。平庭彦。そうか、おまえさみしいな。さみしいんだな。さみしいのはだれ？　ユートは前を見るのがこわい。秋が来て冬が来て卒業式が来るのがこわい。だから足元以外を見ないようにして走りに走り息せききって帰り着いた賃貸アパートの前で神妙な顔をした大人の男女がユートを待っていた。「石井《いしい》勇人《ゆうと》くんだね」男が身分証明書を見せる。「お父さんとお母さんはね」女が猫なで声を出す。両親が逮捕されたのだとすぐさま気づく。「私たちと一緒に来てもらえるね？」男女の声がひとつになって耳の中に這《は》いずり込む。

とつぜんユートはひとつの可能性に思いいたった。

その外は？

その外は？

賃貸アパートの上に広がる夜空を見あげる寸前、じゃりじゃりとタイヤが小石を踏む音がして住宅のまえに軽自動車のとまった気配がある。バタンとドアが閉まり車は再発進する。コツコツとくつ音がし、玄関の扉がガチャリとあいて、白衣をきた小太りの女性が台所に入ってくる。

「あら、お客さん。めずらしい！」

頭に着けたままの三角巾をいまはずしたのが、ニワの母親なのだ。

一瞬の放心からわれに返って、ユートはじぶんが市営住宅の六畳間にいることを理解する。手で押さえていたのはノートの表紙ではなく、みっしりと文字で埋められた本文の側だった。それで理解した。魚フライのハンバーガーをニワは買っていない。ユートの両親は「受け子」ではない。幽霊のようなニワの母は実在しない。それらはすべてニワがノートに書いたもので、ユートはこの部屋から一歩も外へ出ていない。玄関のドアが開いてから閉まるまでの三秒しか経過していない。

「まーたこんなもの買って。お母さんちゃんと持って帰るっていってるでしょ。ちょうどいいわ。ほら、あなた食べていきなさい」

オーブントースターでさくさくにあたため直されたコロッケとささみフライ。インスタントの吸い物。そしてごはん。ニワのお母さんは三交代制の弁当工場につとめていて総菜の一部は従業員価格で買えるのだ。ほどよく陽気でほどよく雑なお母さん。夜も更けてすっかり空腹になっていたユートがのどを鳴らすようにして食べおえると十一時半だった。

「石井くん、おばさんが送っていくね。あ、自転車のランプこわれてた!」

「いいですいいです、慣れてます」

なかなか引き下がらない母親をどうにか説得してユートはひとりで外に出る。住宅の前で気配を感じてふりかえるとニワが立っていて、大ぶりの懐中電灯とお菓子が入った使い古しの紙バッグをこちらに差し出した。ありがとうといって受け取りニワと向き合って、ユートはなにをするでもなく、ただ突っ立っている。なにを言ったらいいかわからない。

おまえはなぜあんなことができるのか。なぜ俺にあんなものを見せたのか。あの三秒のあいだおまえは浮かんでいたのか。俺を観察していたのか。それとも、
俺を見ていてくれたか？

得体のしれない衝動がこみあげて気がついたときには両腕を平庭彦の身体に回していた。

ニワは小さな手でユートのシャツの背をぎゅっと摑《つか》んだ。

このとき平庭彦はことばを発することから解放されていた。

一度だけ、ふたりの唇がこすれて、離れた。

その外は？

その外は？

ユートは空を見た。

そこには星空だけがあり、ユートは安堵《あんど》して目を閉じた。

＊

結婚記念日にどこで食事をしようかと検索していて石井勇人の指がとまる。目が大きく見ひらかれる。グルメサイトから公式サイトに飛ぶ。大きな画像の中に克明にとらえられているのは黒と銀を基調にしたモダンでシックな内装だった。首の長いステンレスの花瓶にはなまえを知らない赤い花とサーベルの刃みたいな緑の葉が挿してある。鏡、窓、そし

て円筒形のすりガラスを組み合わせた照明が「当店のスペシャリティ」を浮かび上がらす。黒い鋳物の鍋。カマス、ローズマリー、うす金いろのカリフラワー。かたわらでコックコートに身を包んだ詩乃理がわらっていた。

勇人は両手で顔をごしごしこすった。これを思い出させられることになるとは。

平庭彦の家に行ったのはあれが最初で最後だった。一か月後、柘植教諭が家庭訪問先で死亡する事件が起き、平庭彦は町を去った。柘植黄実夏《きみか》は、激しく抵抗したそうだがやはり父親に連れられて転校した。平庭彦も柘植黄実夏もいまどうしているのか知らない。

詩乃理にあって訊《き》いてみようか。あの体験を覚えていてそれでこの内装にしたのか、それともすっかり忘れてしまって無意識に再現したのか。サイトの予約ボタンの前で指がうろうろするが、けっきょくウィンドウを閉じる。妻の希望が和食だったことを思い出したからだ。

ディスプレイを作業画面にもどす。自作の小説だ。勇人は商業高校を出たあと専門学校でゲームのシナリオ作りをまなび、投稿サイトで糸口をつかんで書籍デビューしたのが二十歳《はたち》のとき。小説を書きたいと思いはじめたのは小六のあの夜からだ。そう、あの夜に気づいた。じぶんは小説が好きだし、たくさん読みたかったし書いてもみたいのだ、ずっとそうだったのだと。だから平庭彦には格別の感謝を抱いている。ミステリ、SF、ホラー、時代物、ポルノ。ペンネームを使い分けこの七年憑《つ》かれたように書いてきたすべての小説のその奥には、あの夜読まされた「ジュヴナイル」が居すわっている。もうすっかり忘れて内容を思い出せない物語が。

さみしくないか。ユートはいつもそうするように書斎でひとり、ニワに声を掛ける。どこにいる。ここへ来い。

そして予感する。なんだかもうすぐ、またおまえに会えるのだ。

流 下 の 日

1

自制党は昨夜、乙原朔総裁《おんばらさく》（一〇四）と七年間の契約延長で合意に達した。党幹部が語った。公表は本日午後四時から、党本部で行われる。契約更新は八度目、就任は七月二十日。今回の契約金六百億円と今年の年俸百億円は、これまで同様全額がNAP（NPO法人難民アソシエートプログラム）など五十以上の団体に寄付される。乙原首相は次の任期の満了である西暦二〇六九年を百十一歳で迎えることになる。

また、乙原首相は閣議後の会見でベトナム国籍の男児（三）を三十人目の養子に迎えたことを発表、あわせて妻である明塚千金《あかつかちがね》衆議院議員が妊娠していることも公表した。第三者提供の精子による人工授精という。乙原首相の実子は明塚議員が無事出産すれば二十二人目。養子を含めた五十人以上の子どもたちはいずれも存命である。

（二〇六二年六月一日のニュースヘッドラインから）

＊

片側一車線の質素な道路――それでも一桁《けた》国道なのだ――に面して、築百年を超える津《つ》ノ劫《ごう》駅の駅舎は、記憶と寸分たがわぬ姿で朝日を浴びていた。

私が社会人となった春、この駅を起点とするローカル線がひとつ、廃線になった。私はボランティアとして行事の手伝いをした。最終列車がホームに入ると、降りてきた乗客や付近の住民で駅舎もロータリーも埋め尽くされた。満開の桜が夜明かりに浮かぶ景色はいまでも思い出せる。同じ年の夏には大水害が起こり、それがつまり私の人生のスタートだった。四十年前。いうまでもなくそれは乙原政権発足の年でもある。

きょうの駅舎は、賑《にぎ》やかな装飾に彩られていて、四十年前を思い出させるが、あのときのうら寂しさはない。きのう、劫和線《こうわせん》は四十年ぶりに運行を開始したのだ。同じ線路を列車が走る。鉄道設備を作り直し、古い車両のレプリカを製造してまで。

駅に入ると、正面に改札が、右手に小さな売店がある。セレモニーは昨夜で終わっているから、すっかり静かなものだ。左手に顔を向けると、目に飛び込んできたのはきっぷの自動販売機だった。

「これはまた衝撃的だな――」

しかもそれは料金別のボタンだけが並んでいるタイプなのだった。いまどき、ひとりの例外もなく〈腕輪《バングル》〉を身に付けており、課金情報は車両と直接やり取りするから、きっぷも改札もいらない。これは運行再開記念で一時的に設置された機械なのだ。あちこちで路線再生が進んでいるから、この機械も全国を巡業しているのだろう。さすがに紙幣や硬貨の投入口は見当たらない。左腕を上げてバングルをかざすとすべてのボタンが点灯したので、自販機の上に掲げられた料金表で、和歌本《わかもと》駅までの料金を探した。ボタンを押して、裏の黒い磁気券が一枚、機械からすべり出てくるのをつまみ上げたところで、ジャケットの肩を後ろから叩《たた》かれた。

「シキくん、シキくんじゃない？」

振り返った私の顔を認めて、あっはっはやっぱりそうだと楽しげに笑ったのは、木路原《きろはら》田津《たづ》だった。すぐに思い出したと知られるのがなんだか気恥ずかしくて、

「田津さん……かな？」

「おうおう、三十うん年ぶりなのにわかってくれましたか。このとおりババアになったけどね」

「そりゃこっちも同じだよ」

顔の四角い輪郭《りんかく》、古いコートのボタンみたいな大きくて黒くて丸い目、小柄でがっしりした体格。なんという偶然だろう。私はこの女性の父親に会いに行くため、この駅にやってきたのだ。

「乗りにきてくれたんだ!?　うれしいねえ」

田津さんは自販機にバングルをかざし飲料を買った。

「それよか、なんで田津さんがここにいるの。いまも十壕谷《じゅうごうだに》に住んでるんでしょ」

和歌本駅から路線バスでさらに一時間かかる小さな町の名だ。彼女の父親もそこにいる。

「そりゃあ、六時の始発に乗るためじゃん。はいこれ、飲む？」

私たちは缶コーヒーのプルトップを引いた。午前五時四十七分。七月の日照はすでに強烈で、冷えたミルクコーヒーがありがたかった。

「そのためだけにわざわざ津ノ劫《こっち》で一泊したの」

「ボランティアだよ、出発式や夜のお祭りのお手伝い」

「四十年前の私と一緒だ」

コーヒーを飲みつつ、きっぷに鋏《はさみ》を入れてもらってホームに入る。四十年間使われてこなかった三番のりばに二両編成の気動車が停まっている。私たちは向かい合わせの座席に座った。垂直の背もたれ。天井では扇風機が回っている。窓をいっぱいに押し上げる。

「ごめんね。エアコンはまだ動かないの」

「田津さんがすまながることないよ。おいおい動くさ――」

さいわい乗客も少ないし……と続けようとしたが、予想に反して客は次から次へと乗ってきた。大きな荷物を両手に提げ、あるいは背中にしょった男、女、家族連れ。たちまち座席は埋まる。活気に圧倒される。

「繁盛してるね。人口は増えた？」

「この十年で、これ」

指を一本立てた。一割増だという。

「凄《すご》いな、ちょっと考えられない……それもこれも〈彼〉のおかげだね。〈彼〉の政策がいいから、地方に人口が戻っている」

「賑やかになったね。十壕谷小もクラス数が増えた。みんな一所懸命子どもを作るから」

「地方の活力が日本の元気を支えるんだ。そして都会の――」

「しっ」田津さんは人さし指をくちびるに当てた。「ほら聞いて」

発車ベルが鳴っていた。電子音でなく本物の金属製ベルを鳴らしたものだ。列車が動き出す。短いプラットフォームはあっというまに後ろへ過ぎていく。

そのときバングルがかすかに震動した。両耳のイヤカフも。みじかい震動は音響バーコードであり、私の体内で展開されてニュース速報のヘッドラインとリード文になる。内容は予想どおり、〈彼〉の――総理大臣の党首就任だ。首相在任期間四十年、世界最高齢の国家首脳、乙原朔。国民のだれもが〈彼〉と呼ぶ人物は、実は十壕谷地区と浅からぬ縁がある。

2

（チャイム音）十壕谷地区のみなさまに和歌本町役場十壕谷支所からお知らせです。

本日七月二十日から三十一日までバングル第九七版の「接種」が行われます。住民のみなさまは、期間中にご自宅の共聴テレビ受像機から確実にアップデートをお受けください。

今回の接種は、内閣総理大臣の契約更新を受け、新たな政策パッケージに即した社会インフラのアップデートに対応したものです。新バングル基盤へのアップデートを受けない場合は、戸籍、住民登録をベースとして行われる公共サービスや電気・水道・ガスの公営事業の利用が難しくなりますし、抽籤《ちゅうせん》において「劣後」の扱いとされます。またご自宅の電化製品や電子装置、お使いの自家用車など、テレビ受像機を除いた情報デバイスはすべてみなさんのバングルを経由してアップデートを受け取りますので生活上の不便が避けられないだけでなく、道路交通法をはじめとする法令上の問題及び障害が発生します。格別のご注意をお願いいたします。

アップデートはみなさんのバングル上で自動的に進行しバングル自体を不可逆的に改良します。豊富な新機能が満載されていますのでご期待ください。ご不明な点は、和歌本町住民福祉課にお尋ねくださ い。お問い合わせの番号は……

（二〇六二年七月二〇日の十塚谷地区無線放送から）

＊

津ノ劫駅を出た復刻気動車は一キロメートル弱を西進したあと大きく右にカーブした。私たちの座る左側の窓いっぱいに緑が溢《あふ》れた。堤防の法面《のりめん》に生《お》い茂った草だ。列車は一級河川劫川《ごうがわ》の堤防を左に見つつ、上流へ進んでいく。やがて線路の位置が高くなってゆき堤防の天端《てんば》とその向こうの劫川を見下ろせるようになる。二百メートルもの川幅を隔てた対岸もまた一面の緑だ。山の急傾斜が水面までまっすぐ落ち込む、そんな緑の衝立《ついたて》がはるか上流まで連なっている。支流が流れ込んでくる場所には集落や小さな町があり、この地方特有のあざやかな赤瓦《あかがわら》が光っている。

「ってことはなに、シキくん、お父さんに会いに来てくれたわけ」

田津さんはまるい目をさらにまるくした。

「どういう風の吹き回し……？」

「年をとるとね、むかし住んでいた場所や人を見たくなるものなんだ。昔ばなしをしたりね」

「あのさ、せっかくで悪いんだけど、お父さん、シキくんのことわからないと思うよ。あたしの顔だって覚えてないし」

認知症は有効な治療法が確立してきた。一方、その過程で認知症は細かく分類すると数百の種類があることも判明した。治療法のないものも少なからずある。

「それは、いいんだ。知ってるから」

「あれ、そうなんだ」田津さんは首を傾《かし》げた。「だれから聞いたの」

だれだったただろうか？

「まあいいや。お父さん、お客さんは好きなんだ。顔も言葉もしゃんとしてるから、騙《だま》されるんだよね。よく聞くと何言ってるのか意味不明だけどね。まあそれは昔からか」

「田津さんの口の悪さも」

ふ、と口元がほころぶ。頬《ほお》にきゅっと線状のえくぼができる。

「シキくんもずいぶん苦労したでしょ。変人の所長で」

「変人だけど、恩人だ」

「そっか、そうね。シキくんが関西に行ったのも元をたどればお父さんだもんね」田津さんはすました顔のままで、「ってよくまあぬけぬけと。あたしを捨てて行ったくせに」

乗客の目がこちらにそそがれる。私は盛大にミルクコーヒーを吹いた。田津さんはげらげら笑った。


農学部で発酵を学び、院を出て県職員となった私は和歌本にある総合農林センターに配置された。二〇二二年の春だ。津ノ劫市から五十キロほど奥に入った山間地は、奥地郡《おうちぐん》と呼ばれ、和歌本は郡の中心地だった。田津さんは農林センター近くの信用金庫につとめていて、そこで知り合ったのだった。奥地郡ぜんたいは大きく衰退していたが、一方では奮闘している人々も多く、それを教えてくれたのが鹿賀《かが》所長——田津さんの父親だった。

奥地郡は広い。地形と道の悪さのため端から端まで車で三時間以上かかる。所長は来る日も来る日も二十年もののおんぼろ公用車で郡内を駆け回り、あちらでやっている鹿肉や猪肉《いのししにく》の加工品、こちらでやっている地ワインとチーズ、はたまた〈切目《きりめ》〉を組み込んだ酒米《さかまい》の試験栽培などが、よい製品になるよう、そしてよい販路が見つかるよう必死で面倒を見ていた。農業普及指導員として採用された私は、赴任そうそう、たまたま所長に車の運転を命じられ、それ以来、毎日毎日郡内をローラーをかけるように動き、生産者や農協、役場、町会議員らと会っては知恵をしぼる日々を送ることになった。

四か月たってふと気づいた。郡内を何度もくまなく回ったのに、比較的大きな十壕谷地区には一度も行っていない。事務所へ戻る途中、ハンドルを握りながらそう言うと、鹿賀所長は、

「じゃ、今夜ぼくん家《ち》に泊まる?」

所長は十壕谷の出身でいまも一時間かけて通勤していること、ご実家が日本酒の蔵元《くらもと》であることなどを知った。銘柄は「美須鏡《みずかがみ》」。会社は弟さんに任せて経営にはタッチしていないが、土地柄、利害関係者の多い十壕谷での仕事はできるだけ避けているのだそうだ。

一週間降り続いていた雨はやや小降りになっていたが、十壕谷へ抜ける農道は深い谷あいにあり、鬱蒼《うっそう》と茂る木々のため早々にヘッドライトを灯《とも》さなければならず、十壕谷の町中に入ったときにはまた本降りになっていた。

所長の自宅は工場からは少し離れたところにある、昭和の時代を感じさせる小さな慎《つつ》ましい民家だった。風呂から上がると、所長は素晴らしい手際《てぎわ》で鮎《あゆ》の背越しをはじめとする

二、三品を作り終えていて、小さな中庭が望める狭いダイニングで私たちは美須鏡の冷酒を飲みはじめた。近くの病院で看護師長をしている奥さんが帰宅され、ギンガムチェックのビニールクロスが敷かれたテーブルにホットプレートが置かれ、そこに肉や野菜がならんだ頃から、外の雨音が変わった。

それまではざあざあと騒がしかったのが、ごうごうという重い音が上下左右から家をすっぽりと包んだ。中庭は雨のしぶきで真っ白になり、会話に苦労するほど大きな音だったが、ふしぎな静けさを伴っていた。外の音は雨音以外に聞こえないからだ。だから、「もう何このあめ――」と叫ぶ田津さんの声が廊下の足音とともに近づいてくるまで、彼女の車が家の前に停まったことにも気がつかなかった。

「あら、男物のくつ、だれかと思ったらシキくんか」

ダイニングのガラス戸から、田津さんはずぶぬれの頭をのぞかせたのだった。

このとき田津さんはすでに木路原姓になっていて、その日はご夫君が泊まりがけの宴会に出かけたために、ご実家に立ち寄ってみたのだと言った。

「すごい雨よ。まるで世界の終わりみたい」

しかし所長をはじめ、ダイニングの全員の目はテレビに釘付《くぎづ》けになっていた。その日、内閣総理大臣に乙原朔が指名されたと報じていたからだ。乙原朔は、私たちの先輩であり、鹿賀所長のかつての上司だったのだ。

「みんな聞いてよ、ほんとに世界の終わりみたいなすっごい雨なんだから!」

ミルクコーヒーに噎《む》せた私を、田津さんはさも可笑《おか》しそうにながめている。

「ハンカチ貸したげようか」

いや結構と断っていると気動車は減速して最初の停車駅に着いた。無人駅で、ホームには屋根もなく、差し掛け小屋に毛の生えたような待合室があるばかりだ。中に二枚のポスターが貼《は》ってある。一枚は「川の宝石　観賞魚で町を元気に！」とある。〈塵輪《じんりん》〉技術でどうにかしたものらしい。子どもが遊ぶビーズのようにきらきらした魚が紙の上で躍っている。

この駅からはあらたに五人の客が乗り込んできた。河童《かっぱ》の親子だ。もちろん扮装《ふんそう》なのだが、ぎょっとするほど生々しい。河童たちは乗客を押し分けて劫川を向いた窓に顔を押し当て、手を振っている。フロートを沢山つけたいかだの上では、神楽《かぐら》で使う張り子のオロチが、河童が演奏するお囃子《はやし》に合わせて舞いを舞っている。

もう一枚のポスターには「川っ子いかだ大会」とあり、川の上を進むいかだの写真とシンボルキャラクターの河童の親子のイラストがあしらわれている。二〇二二年七月、劫川流域を襲い多数の死者を出した豪雨と大水害、その鎮魂と復興を祈って翌年から続けられてきた行事だ。

列車はまた走り出す。窓の外ではいかだが列車に並走するように川を遡行《そこう》しはじめる。

乗客が感嘆の声を上げる。

いかだは、いかだだ。発動機は載せていない。その代わり、尾だけのオロチが二体、長々と水中に伸びている。血肉をそなえた青い尾と赤い尾が蛇行して推力を生み出す。張り子の大蛇と同じく、住民が自作したものだ。

ロボティクスでデザインした骨格――神楽のオロチや龍踊《じゃおど》りを思い浮かべればいい――に、〈塵輪〉技術で造り上げた筋肉や神経をまとわせたものだ。

「ところでシキくん」私がようやく咳《せ》き込まなくなったとみて、田津さんが尋ねた。「なんでお父さんのお見舞いに来てくれたの」

答えようとして、なにひとつ理由を思いつけないことに、私は戸惑う。なぜ、私はここに来たのか？

3

四十代初めに参議院議員に初当選した直後、乙原朔は自身の性自認が男性であることを明かし、男性装で登院をはじめた。ときに二〇〇〇年代初頭。一方からは激しい非難と嘲笑、他方からは大きな声援と支持。〈彼〉はそのどちらにも頓着《とんじゃく》しなかった。

「三世代がなかよく同居し、みんなでしっかりお金を稼ぎ、仕事は定時に帰り、おいしい晩ご飯をいっしょにたっぷり食べ、休みの日は大いに遊ぶ」――国家とは畢竟《ひっきょう》そのような『なかよし家族』を――つまり私的空間の幸福の最大化を図るものだと〈彼〉は唱えた。私たち「家族」は政権や政策の値打ちを、ただその一点で計ればよいのだ、と。

乙原首相のこのモットーは現在もまったく揺らいでいない。ただし〈彼〉の「家族」像を最初期から正しく理解していた者はひとりもいなかった。

野党議員であり続けたにもかかわらず、乙原が先導する超党派の議員集団は、二〇〇六年に夫婦別姓を、二〇一五年には同性婚と「クラウド型養子縁組」を、二〇一九年には成人の二重国籍保持を実現し、伝統的家族観を破壊した。負の所得税導入と累進強化による所得再配分再構築、被用者の権利拡大と処遇改善を強力に進める一方で、あらゆる社会保障制度を強引に「家族」単位に収斂《しゅうれん》させた。「家族」の定義を極端に広げるかたわら「家族」に帰属しない人間が大きく割を食う世界を作り上げていったのだ。

二〇〇〇年代前半にこの改革に議論を消費したことで、日本は新自由主義に立脚した経済成長が立ち後れた。日本社会は世界的な情報通信技術の台頭《たいとう》との不整合に苦しみ、経済的にも情報的にも孤立して窮地に陥っていく。一方、二〇〇〇年以降数度にわたった世界金融危機は日本に致命的な打撃とならず、他の国々が陥った貧困の拡大と社会の分断を、強烈な家族第一主義によってかろうじて防衛した。一九九〇年代からの三十年間、地震などの巨大災害に見舞われなかったことも幸いした。

そして二〇二二年、イスタンブール・オリンピックの二年後、日本の政治地図が大きく塗りかえられて、七月二十日、乙原朔は内閣総理大臣に任命された。この日、六四歳の乙原は、記者会見で女性の東京県知事を配偶者としたことを発表した。初婚だった。

数年後、世界経済から完全に引き離されたと思われていた日本は、劇的な反転攻勢を開始することになる。その先駆けとなったのはいうまでもなく、ふたつの技術、農作物の品種改良技術から派生した生体内コンピューティング〈切目《きりめ》〉、家畜クローンから発展した生命成形技術《カーヴィング》〈塵輪《じんりん》〉だった。

（二〇四三年一月発売の総合雑誌〔改憲特集号〕から）

＊

青瑪瑙《あおめのう》のもっとも暗い芯の色を湛《たた》えて流れる劫川の、その上で、オロチの二本の尾は金属質の輝きを何万と跳ね散らしている。鱗《うろこ》のひとつひとつが、強い日差しを赤、青、銀、緑などの十色に弾《はじ》き返す。オロチは、必死に身をくねらせて川を遡行する。塵輪技術とロボティクスの混淆《こんこう》で造り上げた怪物が、身をねじってはまたほどき、その勢いでいかだを上流に押し上げていく。いかだの上では河童姿の若者が扇を振って、オロチを煽《あお》っている。

堤防の上は見物客でいっぱいで、手作りの幟《のぼり》や張りぼての龍《りゅう》が風にはためいている。

「きょうからバングルの改版が配布されるよね」

田津さんは話題を変えた。そう、私としたことが、忘れかけていた！

「いっとくけど、ここらじゃまだ共聴ですからね」

田津さんが言っているのは受信方式のことだ。高い山々と複雑な川筋が作りだす、深い皺《しわ》のような地形。アナログラジオの時代から、電波放送の恩恵を受けにくい土地だ。昭和の共聴《CATV》アンテナのように情報の伝送経路を自前で工面してきた地域なのだ。各家庭が文句も言わず費用を負担している。

「うちのテレビ使いなよ。接種のあと、そのまま安静にしていられるし」

「考えておきます」

そう言って、左手首を窓外の景色にかざす。手首にかすかで心地よい重みを感じるが、それは錯覚だ。何もはまっておらず皮膚下への埋め込みもない。バングルは機材のないデバイスだ。私の骨格、筋肉、神経が協調して実体物の重みを演算し、体幹から指先までの全部位にわずかな負荷を書き出すことで、その錯覚を（中枢をだますのではなく）作り出す。私の身体は「コンピュータ」化されている。基礎代謝の廃熱を動力源とし、体内に散らばる数億の演算機能内蔵細胞や、筋肉、臓器の構造自体をシミュレータとし、ホルモンや神経細胞や毛細血管網や筋骨格系によって相互接続されたコンピュータだ。

「田津さんは、子どもは何人いるの？」

お恥ずかしいことだが、私はときどきこれを尋ね忘れることがある。マナー知らずと思われただろうか。

「うちの亭主はあの水害で死んだからね」

田津さんは苦笑いした。

「子どもは実子のほかクラウドで三人。再婚もしたよ。ゆるい方の制度で。でも三年に一回は会うし」

「ああ、それはよかった」

私は大げさに（それがマナーだから）ほっとしてみせた。結婚の経験があるからといって、何度も繰り返せるとは限らない。〈彼〉はそういう人々に無理強《むりじ》いはせず、「家族」の方のハードルを下げてこの社会へ包摂しようとする。寛容と慈しみは社会の礎《いしずえ》だ。

いかなる形であれ、人は配偶者と子を持つべきだ、と〈彼〉は言う。人は公共性に隷従してはならない。生は常にプライベートなものでなければならないが、私的領域を死守しようとするモチベーションは家族があるときもっとも強力になるのだから、と。性愛や血縁――遺伝情報の継承――は本質ではない。家族は一個の堅固な煉瓦《れんが》だ。それを積み上げたところに公共性はできあがる。そしてその公共は再配分によって「家族」を涵養《かんよう》するのだ、とも。こうした認識が乙原朔の哲学の一方の支柱だ。

「シキくん、もうすぐ退職でしょう」

水害後の対応に忙殺された四年のあと、私は県立の醸造研究所に転勤し、日本酒の品質向上に三年間携わり、そのあと退職して近畿の酒造メーカーに移った。国民として、祖国の外貨獲得に貢献しようと奮い立ったからだ。鹿賀所長の紹介だった。移籍先の責任者が所長の学生時代の親友だったのだ。

「お父さん、いっつもシキくんの話してたよ、いい仕事しているって。くれた酵母も大切にしていた」

美須鏡酒造は研究熱心で、私が移籍した研究所と継続的に共同研究をしていた。定年退職され、会社に復帰された鹿賀所長とは何度も直接のやり取りをさせていただいていた。こちらからは改良した酵母やタンクの温度管理プログラムを、蔵からは醸造の各段階のサンプルを。

「それは……光栄です」

川と谷と緑、それは神域のおごそかな趣《おもむき》や水田の端正な美とはまたひとあじ違う、わが国の原風景であると私は思う。木材という建築・工業素材、薪炭《しんたん》というエネルギーを沿岸部へ水運で供給する。その歴史がこのながめの中に記憶されている。復活したローカル線で川沿いを遡っていることに、だから、私は特別な感慨を覚える。回復し、いまや世界を先導する国力が、この光景にみなぎりあふれている。

「よかったね。ほんとに」

ほどなく列車は和歌本の駅に到着した。

ホームに立った田津さんは、手で目庇《まびさし》を作り空を見あげて、あれれ、と言った。不安そうな顔だった。私も、一緒に降りた河童たちも同じだった。その頃から空模様があやしくなってきたのだった。

4

乙原首相は五月末に初の著作を出版する。背景には、来年に控えた総裁選で五選が確実視される中、首相が構想する国家のあり方を広く国民に問おうとする姿勢がある。著作のタイトルは『自制の國《くに》』。乙原首相はかねてから、国民とわが国に居住、滞在する外国人に世界最高水準の人権を保障すべきだとしたうえで、「だからこそ人権の行使にあたってはわが国の国情に合致するよう、国籍の如何《いかん》を問わず、つねに相応の自制をしていただく必要がある」との考えを示していた。同書ではこうした考えを憲法に反映させるべきとの主張がされると見られ、議論を呼びそうだ。

（二〇四〇年三月の新聞記事）

（前略）たとえば電力や水道を考えていただきたいのです。すべての家庭や事業所が常に契約の上限で消費すれば、あっという間に全体の資源量は枯渇する。私が言いたいのは、国民や滞在者の「寛容さ」も限界のある資源だ、ということです。この世は、自分が金持ちであることを自覚すらしていない富裕層や、世界中のローカルな経済圏を均質化し尽くそうとするグローバル企業であふれています。彼女たちがその恵まれた立場をふりかざし、際限なく強欲を発揮すれば貧困と分断が拡大し、搾取される人々の寛容さは枯渇し、わが国は不和と紛争に満ちるか際限ない衰退に見舞われるかの、どちらかでしょう。欧米先進国の惨状を見れば明らかです。

法律は、本来的な制約から、解像度が低くあらざるをえず、すべての不和を事前に取りのぞくことはできません。かといって道徳を強調しても実効はなく、一面的な価値観をはびこらせ時代の変化に対応することをむずかしくします。

私はもっと「クール」に考えたい。

国民と滞在者の「寛容さ」を、電力の供給量にも似たリソースと考え、即時的に最適な配分となるよう個々の人権の発揮を「調整」するのです。考えてみれば、それはこれまでも、ある方法で行われていました。代議員を選抜し、かれらに立法と予算審議を委ねて、社会から寛容さが枯渇しないよう利害調整させる。つまり私をこの場に立たせてくれている制度——国会議員の選挙です。

しかしみな気づいている。その方式はもはやあまりにも「遅い」。情報のやり取りが超高速化した現代では、刻々と生起する意見や不満に即時的に応答することが必要で、だから私たちはべつの技術を手にしなければなりません。社会の寛容さの残量をリアルタイムで計量し、人権の発揮を適切に調整する技術を。それは抑圧でも規制でもない。われわれは総意に基づいて社会を作りあげるのです。無自覚に、無際限な人権の発揮をつねに自制できる社会、謹みと自律によってすべての人が心から輝ける國を。

（『自制の國』まえがき）

＊

和歌本駅から十壕谷へ向かう路線バスは、高校生が運転していた。

ボランティア体験は自制感覚の涵養に欠かせないから全国どこでも必修の単位だ。とはいえ、公共交通機関と非自動運転とディーゼルエンジンのフルセットはそうそうお目にかかれない。人口減少で極限の辛酸を嘗《な》めたこの地域だから、五十年ちかく前に製造された車両が生き残っているのだ。もちろん親指スタンプでは始動できない。キーとアクセルを使うのだ。これは車がまだコンピュータではなかった時代の製品なのだ。

ぎしぎしと鳴るサスペンションに揺られながら私たちは雑談に興じている。

「本当なら、乙原首相の記念館は十壕谷にあるべきじゃないのかな。隣県のほら、あの町じゃなくて」

「生家のあるのは向こうですからね」

河童はそう言った。田津さんの膝の上に置いたタッパーウェアからは、和歌本の駅前で買った胡瓜《きゅうり》の漬け物のみずみずしい香りがしている。河童も田津さんも、そして私も、かわるがわるその食感と味を楽しむ。

「しかし〈彼〉があっちに住んでいたのは二年だけじゃないか。小学校も中学校も、最初の勤務地も十壕谷だ」

「どっちだっていいじゃない。記念館なんて」

道の幅員はバスがぎりぎり通れるほどしかない。左側は鬱蒼と木々が覆いかぶさる斜面、右手は三メートル下が川の水面だ。白のガードレールは、藻《も》だか苔《こけ》だかで緑色に染まっている。間歇《かんけつ》ワイパーがいくら拭《ぬぐ》ってもフロントガラスはすぐに曇る。霧吹きで執拗に浴びせてくるような細かい雨が、風景ぜんたいをしとどに濡らしていた。一時過ぎだというのに七時前の暗さだ。バスはヘッドライトをつけており運転席のメータ類もオレンジ色に自照している。

「ねえシキくん」

ごっふっ、ごっふっ、とワイパーが規則的に音を立てている。

「考えてみたら、シキくんが十壕谷に来るのは『二二災《ニィニィさい》』以来だよね」

「……ええ」

「亭主の泊まってた宿が土砂崩れでつぶれた二二災。役場の支所が水没した二二災。乙原さんが総理大臣になった年の二二災。覚えてる？　あの晩、帰ってきたあたしがずぶぬれでなんて言ったか」

覚えてます、と私はこたえた。

まるで世界の終わりみたい、そうあなたは言ったんです。

みんな聞いてよ、ほんとに世界の終わりみたいなすっごい雨なんだから、と。

ごっふっ、ごっふっ、とワイパーは動きつづけている。河童は漬け物をつまんでぽりぽり食べる。

「車内でも、ぬがないんですか、その顔」

そう尋ねると河童は、ぬぎません、と返事した。

「毎年七月二十日は、私らは河童になりきります。河童は川の道化者《どうけもの》です。そして川と人の中間にいる。ならば川と人とを和解さす立場になれないか。そう思って、復興のマスコットに選んだのですよ」

しぶい、しみじみとした口調から「中の人」は年配の男性と思われる。私はなんとなく教職者の気配を感じた。河童の全身をつつむのは塵輪由来の素材でできたウェットスーツだ。中の人のバングルと協調するから、自身の身体の延長のように操作できる。

「年に一度、この河童の中で一日過ごす。道行く人に楽しんでもらいながらね。ひごろは不信心者ですけど、大切に思っています」

復刻気動車に乗ってきた河童は七人いた。奥地郡が一町に合併する前は七つの町村だった。それぞれの川の河童代表という設定なのだ。二二災をその場で体験したものとして、河童連の活動にはほろりとする。こうした活動が地域に残っているのも〈彼〉の施策のおかげだろう。

　とつぜん、前の座席の背に身体が押しつけられた。胡瓜が床にちらばる。運転士が急ブレーキをかけたのだ。

　ワイパーが拭ったフロントガラスの向こう、軽乗用車ほどもある黒灰色の石が、道路の真ん中でどうんとバウンドし、ガードレールを巻き付けながら川へ落ちた。

「止ま……」

　今度は後ろへ投げ出されるような急加速。バスのすぐ後方で、砂利《じゃり》と泥水が大量に流れる音にまじって、どん、どんといくつかの衝撃が聞こえた。止まるか進むか、もはや運だ。私は前のシートにしがみついた。河童は運転席まで出て高校生に指示を出している。二百メートルあまり猛スピードで走りバスは止まった。そこからは道が二車線になり、まあたらしいコンクリート擁壁が斜面の高いところまで固めている。河童は車外へまろび出ると、車側《しゃそく》のハッチを開けて通行禁止のサインとバリケードを取り出した。

「落石防止のネットとフェンスが切れたんだ。役場と業者には自動で通報が行ってる。当座の処置だけしてくるわ」

　そうして来た方へ駆けていく。私は、情けないことだが、足がすくんでとても後を追えなかった。

　本降りになった雨がフロントガラスを叩いている。二車線道路に沿って水田が広がり、小さな町が見えた。低い家並みから一本突き抜けて高いのは消防署の鉄塔だ。

十壕谷地区だった。

5

一九八〇年代前半から本格化する全世界的な情報通信技術革命の潮流に日本は大きく立ち遅れた。革新的な技術の萌芽は大企業、官僚、そしてもちろん国民の怠慢のためにことごとく潰《つい》えて外国企業の席捲《せっけん》をゆるした。この問題を国会で厳しく問い続けたのは、初当選直後の乙原朔だった。同時に乙原は五十年先に競争力を持ちうる産業への投資を息長く訴え続けた。そのひとつが「農業」だったのは乙原がかつて総合農林センターの普及指導員であったことに理由があるのでは、と指摘されている。

（『自制の國』刊行時の書評から）

美須鏡の酒米「十強力《じゅうごうりき》」は力強い味わいが特徴だ。

古くからこの地方——県境付近の標高の高い地域で栽培されていたが、昭和の中期にいったん伝統が絶える。十強力は環境に敏感で、少しでも条件が悪いと不作になったからだ。県内の有機農業に刺激を受けた美須鏡酒造は、米農家や県の醸造研、農林センターと組んで、十強力の復活栽培を目指していたが、たてつづけの天候不順もあって成果が出なかった。農林センターの鹿賀柳《かがりゅう》所長と簗瀬式《やなぜしき》普及指導員は、十強力に〈切目《きりめ》〉を導入し「プログラマブルな生育管理」に着手した。

人工交配や遺伝子組み換えによる品種改良は、十強力という品種のアイデンティティを変質させてしまう。ゲノム《アーキテクチャ》には手をつけず、特定の機能を発揮する部品を、個体ごとに組み込む。そして栽培過程で直面する課題——たとえば冷害や干ばつ、病虫害、原因不明の成育不良——が発生すれば、外部からその機能を制御して問題をクリアする。

当時の鹿賀所長の表現を借りればこうだ。「スマートフォンにアプリをインストールするみたいに、私の胃や肝臓に（私の遺伝子を持たない）特定機能を持つ細胞をインストールします」「そして二日酔いになったらスマホのマイクにこう指示するんです、『胃や肝臓よどしどし働け！』と」。鹿賀所長と簗瀬普及指導員は実験田を見回っては、苗に「発破」を——当時は水に混ぜた生化学物質によってこれがなされた——掛けつづけた。

切目は乙原朔参議院議員が当選直後から——その後農林水産大臣であった時期にはさらに——熱心に推進した「農業分野における革新的技術開拓プロジェクト」の成果のひとつだった。十強力の復活と「純米美須鏡《じゅんまいみすかがみ》」の高評価は、乙原総理大臣に伝えられた。六十五歳の乙原首相は思い切りデコったメッセージをかつての後輩である所長に送り、祝意を伝えた。

同じメッセージには次のような一文もあったと言われている。

「つぎは畜産だよ！」

（和歌本総合農林センターが機関統合で閉所された際の記念文集「劫川よ永遠《とわ》に」から）

＊

「あら社長さん、いらっしゃい。そちらもご家族？」

「いいえ、父の古い——友人です。和歌本で一緒に勤めてました。二二災のとき、ちょうど父の家に泊まっていて」

「あらまあ」

じゅうごう福祉センターの居住区の管理人は、口に手を当てた。

「あのときは川向かいに住んでたから、首まで水に浸かったのよ。家内と息子は無事だったけど——あたしに愛想つかして実家に帰ってたもん」

管理人は笑った。センターは一階の半分が幼児教育施設、半分が障がい者の就労訓練作業所、二階と三階は高齢者向けだ。

階段を上りながら田津さんは話す。

「いまの話ね、彼女の定番。ほんとはお父さんとお母さんがお亡くなりになったんだけど、その話はしない。奥さんとはそのときに離婚が成立していたし」

二階から三階への踊り場に差しかかり窓から外を見たとき、思わずああと声が漏れた。
町を見渡せるながめだった。

十壕谷はその名のとおり、中小十本の河川が複雑に入り乱れる地形だ。町の中央にひとつだけぽこりと突出する鷹居山《たかいさん》のふもとをくるりとめぐる大濠川《だいごうがわ》は、山を城、川を濠《ほり》に見立てた命名だろう。ここへ流れ込むのは中濠川《なかごうがわ》、筆濠川《ふでごうがわ》、毛濠川《けごうがわ》のように河川指定されている以外にいわゆる「青線《あおせん》」も多く、これらが蛇室《へびむろ》のへびのようにからまりあっている。昔から氾濫、溢水《いっすい》の多い土地柄なのだ。

センターは小高い場所にあり、すぐ目の下にある消防署の鉄塔が視界をふたつに切っている。消防署の前をこの町の幹線道路が通っていて、これに沿って、役場や商工会、農協、森林組合、郵便局、小さなホームセンター、工務店や電器店、食料品店が小さな町を形成している。その向こうに見えるしっかりした堤防が、大濠川。そして視界の正面にそびえているのが鷹居山だった。茶わんを伏せたような形だ。

センターの管理人が言う「川向かい」は、堤防を越えて川を渡った、鷹居山の山裾《やますそ》にある。山は川ぎわまで迫っているから土地はとても狭い。養蚕《ようさん》が盛んだった時代は生糸《きいと》工場があったという。小さな病院の建物も見える。そして視界の左端の煙突のある建物が、いまは田津が社長を務める美須鏡酒造の工場と倉庫だった。

三階の廊下の片側は窓、反対側に居室のドアが並ぶ。六つ目のドアをノックし「田津です。入るよ」と呼び掛けて、引き戸を引いた。病室のように愛想のない簡素な部屋の奥、ベッドの縁に腰掛けた鹿賀所長が、こちらを見て相好《そうごう》を崩した。

「よーう簗瀬くん、しばらくぶり。元気にしてる?」

懐かしさより驚きが先に立った。

「誤解しないで」田津さんが耳打ちする。「訪問者の名前はバングルが教えてくれるの。あなたを覚えているわけじゃないから」

「いやあこんなところを見られてお恥ずかしいな。ほらこっち来てすわんなよ」所長は私を手招きする。「いま料理作ってあげるから。そこのセラーから常温酒出して。はじめていいよ」

個室にはセラーもキチネットもない。所長は立ち上がろうともせず、にこにこと座ったままだった。私は田津さんの説明に納得した。

「お元気そうで安心しました。お土産《みやげ》です」私が住む町の銘菓だ。「お好きでしたよね」

「ああ、うれしいねえ。そうそう、そういや簗瀬くんに借りっ放しになってたものがあってさ」

所長は唐突にベッドサイドの抽斗《ひきだし》を引っかき回しはじめた。何か貸していたのかもしれないが、そんなところから都合よく出てくるはずはない。

「へえ……何かお貸ししてましたっけ」

興味のあるふりをして近づく私に、

「……よ」

田津さんはまた耳打ちをした。今度は聞きとりにくかった。燈火《とうか》、あるいは効果、と聞こえた。

「手、出して。目、つぶって」

所長は片手を後ろに隠してにこにこしている。田津さんが仕方なさそうにうなずいたので、言われたとおりにした。

チャリチャリ、と金属音がした。目を開けると手の上に小銭が十数枚積み上がっていた。五百円玉、百円玉、十円玉。一円玉まであった。

そうか、「硬貨」か。

「ほら、ぼく缶のミルクコーヒー好きだから。小銭が切れてるときいつも借りたよね」

田津さんは下を向いて首を左右に振っていた。(だれにでもそう言っているのよ)と言いたげだった。

「たしかに。でもこれ、いいですよ。だっていっつもお昼を奢《おご》ってもらってましたもん」

「まあまあ、年寄りに恥をかかせないで頂戴よ。ところでさ、きょうの雨はすごいねえ」

「ええ、ひどい降りになりましたね」

それは確かだった。雨の勢いは激しくなるばかりだった。「車軸を流す」は大げさにしても菜箸《さいばし》くらいはありそうです、という私のくだらない表現に、所長はなぜか大受けしてくれた。

「雨がひどいとさ、オロチが暴れるよね」

「そうなんですか？」

「うん――十本の川はさ、むかあし神さまがこの地に封じた大小十四のオロチなんだよ。しょっちゅう氾濫しては私たちを苦しめるからそう思われるわけだ。だけど限界はある。どれだけ暴れても川はいつかもとの平穏を取り戻す。結局オロチは神通力から逃《のが》れてはいない」

所長は唐突に話題を変えた。

「それはそうとさ、中庭、ときどきは行ってるの？」

「え？」

所長はにこにこし続けている。まるで意味がわからない。するとまた話題が変わった。

「簗瀬くん。その小銭、ポケットに仕舞ってチャリチャリ鳴らしてくださいね」

「はい？」

「鍛練《たんれん》だよ、指先のボケ防止と思ってやってごらん。チャリチャリ。指先だけで金種を仕分けて、いくらあるか計算するんだよ。あと中庭の手入れが大事だね」

「なるほど、よくわかります」

私はあきらめていい加減に相槌《あいづち》を打つことにした。そうしてこの老人がずっとこんな感じでご機嫌だといいなと願いながら、硬貨をチャリチャリ鳴らし続けた。

「意外と話が通じたような、うぬぼれですかね」

「名前を呼んで、小銭をわたして、中庭の話をする。どのお客さんにも同じ」

帰りの踊り場から見る町は強い雨に霞《かす》み、その上を暮色《ぼしょく》が覆っていた。信号の赤や青がくっきりと目立つくらい暗くなってきていた。私はポケットから硬貨を出した。

「これ、返しますね」

「え、いらないいらない。だってシキくんから借りてたお金だよ」

「だれにでも配るんでしょう。あの抽斗に補充しとかないと」

「それはもういいの」田津さんは言った。「使わないならお守りにすれば。お父さんの怨念がシキくんを守る」

「いや、そういう御利益《ごりやく》はいいんで」

「じゃあジュースでも飲んで」

「無茶な」思わず笑ってしまった。「小銭の使える自販機なんて、どこにあるんですか」

「そこに」

私たちは一階のロビーに着いていた。すっかり暗い一角に飲み物の自動販売機が明るい。思わず頬をつねりそうになった。硬貨投入口があった。いまどきどこのベンダーがこんな機種をと近寄ってみて、あっけなく事情がわかった。私は硬貨を右手で握り、曲げた人さし指の上に親指をスライドさせてぴったり二百八十円分を投入した。カウンターの数字が金額に達するとすべてのボタンが灯った。

「まさかこういう手が。美須鏡酒造の自販機とは」

ごろんと転がり出てきた三百五十ミリリットル入りのガラス瓶は度数ゼロの甘酒ドリンクだ。ラベルには力強い達筆で「美須鏡」の文字がある。

「品目はひとつだけですか」

「うちが造ってるソフトドリンクはそれしかないからね。評判いいのよ」

せっかくだから冷たいうちにいただこうとなって、ロビーに置かれた貧相なベンチに座り、ふたりで甘酒ドリンクを飲んだ。

「中学生に戻ったみたいだ。自販機で、硬貨で、ベンチで」

「放課後に女の子と?」

なるほど、もう午後四時に近い。外は雨ですっかり薄暗いが、たしかに放課の解放された気分がある。やがてその理由がじわじわとわかってきた。

硬貨にはシリアルナンバーが打刻されていない。

紙幣はそういうわけにはいかない。電子貨幣——バングルを通じた支払いなら、なおのことだ。しかし、この自販機は百円玉と十円玉は受け取ったが、それ以外の情報はなにひとつ取得していない。だれが甘酒ドリンクの代金を支払ったのか、その痕跡は残らない。

私は途方に暮れた。世界にあふれる機械の中で私の名前に関心を払わないでいてくれるのは、この自販機くらいしかないのだ。

「バスもそうだったよ？」

こちらの考えを見透かすように、田津さんが教えてくれた。

「バングル対応の決済装置は後付けだもん。紙幣と硬貨でも支払いできた。十壕谷はね、レガシー天国なんですよ。だって二十二世紀がそう遠くないのに、まだバキュームカーが」

ひょいっと放った空き瓶は、ゴミ箱のふたをくるんと回して、内部でがちゃんと大きな音を立てた。

「さあてと。帰り道はまだ通行止めだけど、シキくんどうする」

「最初から泊まるつもりで、美澄《みすみ》旅館を予約してますよ。木造三階建てで、ほら、思い出の――」

「キャンセルしてうちに泊まりなよ」

「いや、さすがにそれは」

「旅館のテレビにはプリンタがないけど？　一刻も早くアップデートしたいんじゃないの」

「あ……」

田津さんは私を立たせ、後ろから押しはじめた。

「さあさあ遠慮しないで」

玄関の風除室に来たところで、私たちは思わず声をあげた。

「うわあこれは」

「すごい降りだ。タクシー呼びますか」

「さすがに傘が一本じゃ無理だ。なんか、世界の終わりみたいな雨だよ」

田津さんのその言葉で私はようやく思い出した。鹿賀家のダイニングのテーブルから見えた、小さな小さな中庭を。

6

政治参加や社会保障や経済活動へのアクセス経路をバングル中心に再編成したあらたな生活圏システムが、低所得者対策として一定の完成段階に至ったことを見届けると、政府は次の段階へ踏み出した。

バングル装着者にのみ与えられる投票権である。

投票の対象となるのは政権の支持・不支持であったり、折々の話題になった政治トピックについて意見を問うアンケートだ。質問はバングルの震動で送られ、これが耳元のカフで読み上げられると、二択であれば手首を振るだけで（五択であれば指を折るだけで）で、周囲におかれたポストが回答を拾って送信してくれる。メディアの世論調査より遥かに多数のサンプルから、即時に回答を回収できる。バングルは生活保護受給者を始めとする低所得者に多く配布されているから、その意見が反映されることで所得不均衡を是正する効果もある、と乙原は主張した。

質問の数と範囲はじわじわと増え、ひとりあたり一日に二十問を超えることもめずらしくなくなった。一問あたりの対象者を五十万人程度に抑えれば、一日に四千問を設定できる。「精神の寛容さ」という資源がどのくらいあるのか――つまりどのイシューについて国民のストレスや不満が高まっているかを、かつてない規模と精度でセンシングし統計処理できるようになった。

投票の結果は予算編成に即座に反映された。当初予算で確保された強化枠の二十兆円は、毎週、投票から得られた国民の希望を実現するために取り崩された。また、これとは別に、世論の不満が向いている個人や集団、社会的問題に対し、急襲的かつ威迫的に行政指導や、摘発、制裁措置を下す。これにより、野放図な利益追求者に、世論が欲する「自制」を実現するのだ。

投票方式は年々洗練され、しまいにはバングルのユーザーは積極的に意識しなくても、自分の考えていることを投票できるようになった。

そしてリアルタイムの投票結果を受けて、みずからの行いを自動的に抑制するツールを、われさきに取り入れるようになった。制裁を受けることは不名誉であり、不愉快であり、公共サービスへのアクセスが滞る不利益はきわめて大きかった。

乙原政権は参政権と国会審議を温存したまま、社会リソース分配の合意を形成するしくみを、もうひとつ作りあげた。それはゲノムに傷ひとつつけぬまま、人間をそれまでとは異なる存在に書き換えたバングルのコンセプトとよく似ていた。ここに至って、それまでバングルに否定的だった「持てる者」たちも競って接種の列に並んだ。

（内閣府作成のパンフレット「バングルの十五年」から）

■■■あなたの検索は拒絶され、履歴はあなたのバングルＩＤに紐《ひも》づけられました。この文書へのアクセスを再度試みたときは、バングルの機能が一部制限されます。同様の警告を三回受けた方は次回アップデートが見送りとなり多大な不便をこうむることがあります。あなたの累積警告回数は二回です。■■■

（バングル・ユーザーズマニュアル「エラーメッセージ・警告一覧」から）

もともとバングルは、黒いクレジットカードのように、限られたセレブリティを顧客とした豪勢な付帯サービスのある決済手段として構想された。乙原首相は、これを生活保護受給世帯に使わせるよう指示を出し、バングルで決済させた。乙原は、セレブなデバイスによって受給者のスティグマを払拭し、消費分析の結果を社会保障施策の一層の充実に活用すると主張して、これを見せしめだとする側、贅沢《ぜいたく》な濫給《らんきゅう》だと指摘する側双方の批判を躱《かわ》した。同時に、これを足がかりに、医療、福祉、税をはじめ、住民基本台帳と関わるあらゆるシステムをバングルに最適化した。いずれあらゆる国民と滞在者をこのサービス圏に引き込むことになるインフラがここで用意された。

普及の鍵のひとつが「抽籤《ちゅうせん》」だった。法の下の平等は確保される。しかしすべてのニーズを満たす資源（予算も人員も）はない。「自制」のため、サービスの利用可否は抽籤で決まる。対象者決定に裁量の余地があるもの（たとえば補助金）だけでなく、本来ならかならず給付されなければならない医療や年金までもが抽籤化されていった。

当籤《とうせん》確率を上げるためには（建て前はともかく）まずバングルの着装が絶対必要で、さらに「自制」の度合いで与えられるポイントを貯めることで有利になる。密告行動は、好ましくないノイズであるため減点対象となる。評価されるのは自分自身を高めていこうとする意欲、意識だ。「自制」を内面化し、逸脱しないこと。民間企業はバングルのアドオンモジュールを売りはじめた。もちろん政府は一切勧奨しない。アドオンモジュールは、利用者の思考を、ごく自然に、一定の方向へ強化する。あらゆる判断、あらゆる選択、あらゆる思弁、そしてあらゆる感情を。一方向からの風にさらされつづけた「藁《わら》のおうち」のように、利用者の心はうっすらと傾いたまま元に戻らなくなる。そのようにして、ごく穏やかに当籤確率を稼ぐしかない。

（出典不明。検索制限の対象となった文書からの抜粋）

＊

「暴力夫《ワイフ・ビーター》?」

私はポケットのコインから手を離し、両手を洗って野菜を切りはじめた。硬貨をチャリチャリ鳴らすのは、楽しいというほどではないがくせになる。

「奥さんが愛想尽かしたのは管理人さんがホモセクシャルだったからじゃないし、出てった先も実家じゃなくてシェルターだからね。亡くなったお父さんやお母さんもしょっちゅう殴られてたんだから。ここ試験に出ます」

「うわ、意外な。あ、切ったキャベツはこっちでいいですか。白ネギとニンジンも終わりました」

「糸こんにゃく茹《ゆ》だったから、切っといて。熱いから気をつけてね」

まな板のとなりには、肉屋の大きな竹皮の包みがほどかれていて、奥地ビーフの大きな霜降りが何枚もずっしりと積み重なっている。

「さあさあ始めますかね」田津さんはなつかしのカセットコンロに鉄の鍋《なべ》を載せ、火をつけて牛脂を溶かしはじめる。「春菊が切れてるけど、すき焼きは梅雨《つゆ》明け前がベストね」

「そうなんですか?」

「焼き肉は梅雨明けてからでもいけるけど、鍋ものはここらが限界でしょう。うなぎはもう超レアだし、甘辛肉分で夏にそなえるのはこれに限るって。はい、それこっち頂戴」と器に卵を割って返してくれ、「チャカチャカしてね、チャカチャカ」

白ネギに焼き目がついたところへ割り下を流すと大小の泡が沸き立つ。そこへ霜降りを広げる。灰桃色になった肉とネギを箸《はし》でつかみ、卵をからめる。肉の第一陣を手元に移してから、糸こんにゃくと野菜、焼き豆腐を投入した。

『――ドラマの時間ですが、まもなく乙原首相の記者会見が始まる予定です』

ダイニングのテレビがそう告げたあたりで、雨音が様相を変えた。それまではざあざあと騒がしかったのが、ごうごうという重い音が上下左右から家をすっぽりと包んだ。会話に苦労するほど大きな音なのだが、ふしぎな静けさを伴っているのは、雨音以外の雑音が聞こえないからだ。だから、「何この雨――」と叫ぶ若い女性の声が、どたどたという足音とともに廊下を走ってくるまで、声の主が玄関を開けたことにも気がつかなかった。

私は突き上げられるような衝撃――恐怖――に立ち上がった。膝がテーブルに当たって、信楽焼《しがらきやき》のビールカップが倒れた。

「お母さんお母さん、男物のくつじゃない。再婚。ねえ再婚すんの」

ダイニングのガラス戸から、若い母親が赤ちゃんを抱えて顔をのぞかせたのだった。

「あいにくあたしは所帯持ちだから。はい、ちゃんとご挨拶して」

「こんばんは。私木路原の娘で、信木《のぶき》タケっていいます。タケは多く恵む。こっちは木路原田津の初孫で、梶《こん》。ところで、そちらさまは……簗瀬式さん？」

私はといえば、さっきから肉を卵にからめたまま、タケさんに気を取られて食べそびれていたが、ようやく、

「ええ、そうですけど」

と返事をして肉を食べようとしたところで、

「あの、母はいっつもシキさんのこと話してて。もしかしたら再婚してやってもいいかなって状況であったりはしないですか」

畳に置かれたクーハンの中で、梶くんはすやすやと寝息を立てている。タケさんはお風呂に入っている。田津さんは布団を敷いてくれている。私は部屋の隅に寄せた座卓の上で焼酎のロックを飲んでいた。

「ごめんねえ、あの子、戸籍婚しろってうるさくて。若い者の考えてることはわからんわ」

「いいですよ、そんなに何度も謝らなくて」

「ははは。じゃあ、仏間で悪いけど、ここならひとりでゆっくり寝られるから」

「……」

「ん、どうかした？」

「いえ——あの、所長が言ってた『中庭』って、この家の中庭なんでしょうか」

「だったら？」

「だったら——どうにもならないですけど。意味がよくわからなくて。気になって」

「ダイニングのサッシを開けたら中庭に出られるよ。宝物が埋まっているかもね」

「いや、この雨ではさすがに」

夕食の頃から雨音は一度も弱まっていない。異常な雨だということはだれにでもわかる。タケさんが廊下を通ってきた足音を聞いてから胸さわぎが止まらない。なぜなのか。

「これ、二二災の再来もあるんじゃないですか」

「大丈夫よ。災害のあとで、徹底的に河川改修したんだもの。警報も誘導も避難所も昔とは比べ物にならんくらいよくできてる」

チャリ。チャリ……。気づいてみると、私は所長にもらった硬貨を座卓の上でもてあそんでいる。

なぜそれをやめられないのか。

硬貨。

中庭。

ピーと電子音がして、テレビの枠《ベゼル》のスリットから白いシートが吐き出された。改版データを搭載した一枚の膏薬《パッチ》だ。

名刺ほどのシートの中央には切手大のアップデータが印字されていた。繊細な渦巻《うずま》き模様。蛋白質《たんぱくしつ》と内分泌物質のカクテルをインクにして描き出した指紋のごときパターン。

「じゃあお先にいただきます」

ぺこりと礼をして私は利き手と反対側の親指を立てた。親指の腹——拇印《ぼいん》を捺《お》す部分——が発汗する。指紋の溝の奥から赤い粘膜が浮上する。私の身体と一体ではあるが、ゲノムとは関係ない外挿された装置だ。アップデータを読み取るバングルのリーダ／ライタ。

別名〈指の舌〉。
渦巻き模様に〈舌〉を乗せる。押し当てた粘膜はまず模様の光学パターンを読み取り、それが私の体内にある何億もの生体工場のゲートを指示されたパターンで開く。次いで舌はインクを舐めとる。オーダーメイドの蛋白質や糖はその構造自体にメッセージがコード化されており舌はそれを消化酵素で小さくほどきながら解読するとともに、内分泌物質とともに生体工場へ送り出す。インクの成分がトリガーとして働き、読み取った指令にしたがってバングルはそれ自体を書き換えていく。

「じゃあ、すこし休みます」

私は布団を包む真新しいシーツのここちよく乾いた感触の上に、身体を伸べる。ものの二、三時間で——つまり一食を消化するくらいの時間で——私のバングルは〈彼〉の思想と幸福に一致するだろう。楽しい気分で私はまた硬貨をいじりはじめる。

「待ってるね。中庭で」

廊下から聞こえた田津さんの声に特別な意図を感じ、私は身体をひねって起きあがろうとする。布団についたはずの手は、いつのまにかダイニングのテーブルに敷かれたギンガムチェック模様のビニールクロスに置かれていて、私は鹿賀所長や奥さんや妊娠中の田津さんと一緒にテレビを見ている。過去の幻影が圧倒的なまなましさで私を取り囲んでいる。

乙原首相の就任演説を見ながら、私はいらだたしげにテーブルをばんと叩く。美須鏡の冷酒の入ったショットグラスが倒れる。

「世界の終わりは雨じゃなくてこっちですよ！　こんな、こんな奴が総理大臣だなんて」

私の視点はその場面の外から覗《のぞ》き込んでいるものの、その声がだれのものであるかは明瞭だ。若き日の私は、テレビの中の乙原朔に向かって、あらんかぎりの罵声を浴びせかけているのだった。

「こいつは日本人の脳みそをすべて吸い上げようとしますよ！　叩きつぶしておかなきゃならなかった。こいつがこの座に就く前に」

所長は苦り切った顔をしている。乙原朔の危険をよく承知しているからだ。

私の現実のじぶんの右手は、せわしなく硬貨を揉《も》み、こすり合わせている。しかしこの「場面」で、私の両手はテーブルを叩いている。

夢、あるいは幻覚。忽然《こつぜん》と出現したこの状況はそのどちらかと判断するのが合理的だろう。しかし私はそうでないと知っていた。

この場面は、私の「中庭」だ。

バングルに――あるいは――乙原朔に、触知されないよう私の内面に隠されて、しかしいつも存在している場面だ。

ついに私ははっきりと思い出す。十壕谷へ来た理由を。

7

防災サイレンが唸《うな》りをあげている。窓の外の雨音の向こうで、たしかに鳴っている。眠りこけていた私の枕を蹴り飛ばしたのは、鹿賀所長だった。顔を携帯のライトで照らされる。

場面は切り替わったが、まだ私の「中庭」はつづいている。

「停電だ。水が出た。ここは危ない」胸に古い運動靴とゴミ収集用の袋を押しつけられる。「貴重品を入れて懐《ふところ》に。玄関はもう浸《つ》かってます。きみの靴はどこかへ行ったよ」

はね起きてズボンに足を通し運動靴を履いた。昼間の作業着に袖を通し腕時計を見ると午前三時。部屋を出て階段まで来て絶句した。階段の下まで水が来ている。急須がひとつ浮かんでいた。

「所長、二階にいた方が」

「まだまだ水位が上がるんだよ。いいからいったん降りて」

一階の水は、まだくるぶしまでだった。真っ暗な台所に充電式ランタンのＬＥＤが灯り、奥さんと田津さんが身体を寄せあっている。田津さんは身重だ。ふたりとも蒼白《そうはく》だ。食器棚のガラス戸に私の顔も映った。

定年を迎える老人の顔だった。

たしかにここは、二〇六二年の私の「中庭」だ。私の「中庭」は、この二二災の夜の場面に固定されている。

「前の通りはもうやばい。裏だ」

裏手は斜面になっている。前の道路よりは高い。そして私は知っている——裏側の斜面は粘着質の黒土で崩れにくく、現に、二二災ではここを無事に通れた。所長の判断は正しい。

「でもお父さん、避難所までたどりつけないよ」

「美澄旅館だ。三階までは浸からない、たぶん」

それも正しい。

「おまえたちふたり、手を繋いで先に行け」ヘッドランプを妻と子に渡し、そして私に言った。「中庭から出るぞ」

サッシを開けておりると、水は膝上までざぶっと来た。しかし家と家にはさまれた場所だからか、水に流れを感じない。ありあわせの合羽《かっぱ》やらレインコートを羽織《はお》って歩き出す。目も開けていられない雨が頭や肩を痛いほどに打つ。

「所長、あなたはここでは死にません。四十年後も生きてますよ」私はとなりを歩く所長に語り掛けた。

そうか、と所長はうなずいた。私が四十年後の私であることに何の不思議も感じていないようだった。

「所長は、ニセの認知症で自分を守りながら、乙原朔に抵抗しつづけています。彼女に気づかれずに」

数百種類の認知症の中には、地下アドオンモジュールで実現されている病態もあるのだ。バングルでは触知できない領域を、認知症の病態で囲い込むようにして温存する。それが所長の中庭だ。

「所長は賢明でしたね。表立って反対を唱えた人はみな死にました。抵抗した団体は消えました。政治団体も経済団体も、干されることをおそれて、いったんバングルに帰順してしまったら、あとは――」

「きみが言ったとおりだ。脳みそをすべて吸い上げられた。乙原朔はそういう奴だ」

鹿賀所長と酒造会社の研究所所長は親友だった。ふたりは乙原の危険、切目の危険を熟知していた。だからバングルを無効化する方法を、秘密裏に研究していた。私が転職したのは連絡役となるためだ。微生物のサンプルとデータのやり取り、成果の蓄積。そして美須鏡の工場のタンクに長年蓄積してきたもの。実のところ、私たちがやってきたことは、バングルの体内環境を破壊するための「秘密兵器」の開発なのだ。

きれいな瓶に詰め、純米酒のラベルを貼り、箔押《はくお》しした函《はこ》に収めて全国の頒布《はんぷ》会員に出荷する。

火入れしていない生酒を、飲むのではなく〈指の舌〉から吸収させるのだ。

乙原総裁が再任されると、その後しばらくのあいだ、バングルのアップデートがひんぱんに行われる。アップデータのシートに「生物兵器」を塗布《とふ》する。

　すると大量の人間がいっせいにバングルネットワークから遮断される。

　二年前ならこんな騒乱はたちどころに鎮圧されただろう。しかし――

「最近は動きやすくなりました。〈彼〉の五十人にもなる子どもたちの抗争をだれも制御できない。公安はまともに活動できていない。だからようやく来れたんです」

「予想どおりだったか」

「もっと悪いですよ。塵輪はまったく外貨を稼げていません。主力となるはずの生体発動機は出荷時検査が偽装だらけだったとわかって、市場を失いました。賠償請求をだれも払おうとしない。いや、それくらいはまだ大したことじゃなくって――」

　私は言い淀《よど》んだ。さすがにこれを伝えるのはつらかった。

「どこの国もぞくぞくと大使館を引き上げていて」

　私たちは前のふたりのヘッドランプを頼りに、裏の斜面に突き当たると、左へ曲がり、居並ぶ家々の裏手をざぶざぶと歩いた。それにしても、なんと奇妙な場面だろう。老いた私が、昔の記憶――中庭――の中に舞い戻り、そこで、未来に起きたできごとを報告しているとは。

　いや、わかってはいるのだ。これは二〇六二年の田津さんが、バングルのアップデータに細工をしてくれたおかげで現出した境地だ。私の複線化されていた記憶と意識を再統合するために、私じしんが紡《つむ》ぎ出している夢なのだ。

「盗聴でもやったかな」

私は首を横に振った。

「国内の塵輪実験場で、あいついで大事故が発生し、食い止めようのない汚染が広がっているんです。大使館に残れば生命の危険があると判断され、本国の指示で撤退したんです」

「だれがそんな実験を」

私は複数の団体の名を挙げた。一定の数の構成員と命令系統、武器と兵力、兵站《へいたん》をそなえた、しかし国家ではない集団。

「金目当てに、外国のテロ組織に実験場を貸し出しているって？」

さすがに二の句が継げないようだ。しかし私はそれすらも訂正しなければならない。

「私たちの技術者が、彼らの指示どおり実験することさえできなかったと聞きました。失敗はぜんぶこっちの落ち度だった」

所長のうめき声は猛烈にしぶく雨の中でも聞こえるほど大きかった。

「あの家族たちは避難民だったのか……」

現実の所長はもちろん実際には見ていない。私の「中庭」なのだから、じつはこれは私自身のうめきなのだ。

気動車に乗り込んできた大荷物を背負った男、女、子ども。憔悴《しょうすい》しきって、あるいは放心状態で、美しい山と川、そして張り子のオロチをながめていた。

それを見ながら（そして本当は彼らが、実験場から拡散した毒物や感染症からの避難民であることに気づいていながら）私の意識の表層は、地域人口が増えたと喜んでみせていたのだ。

「あんなやり方、マイクロ論点《イシュー》をいちいち拾って政策決定やってたら、うまくいくわけはない。そのときそのとき、溜飲が下がる気がするだけだ」

「今回の行動で、十万人以上を遮断できたら、勝ち目があります。所長が予想していたより乙原の時代はずっと長く続いているけれど、『中庭』を持つ同志もたくさん増えてます」

バングルに触知されない内的領域、「中庭」を作るのにはさまざまな方法がある。

所長の場合は、認知症類似の――しかし実際には症状のない――器質性の防壁を作り、その中に意識と思考のほぼすべてを温存する方法を採った。レジスタンスの核心を担うべき立場だからだが、そのかわり察知されやすい。だから所長は若年性認知症を偽り三十年以上もあの施設で生活している。

私の場合は少し違う。連絡役は、自身が運び手であることを知らない方がよいからだ。

二二災は、数時間にわたって死を身近に感じた時間だ。私の人生で唯一の特別な場面はきわめて鮮明に記憶されていたから「映画のセット」のように、自立して持続する内的空間に仕立てやすい。強力な暗示療法と切目の処方を組み合わせて、バングルに察知されてはまずい精神活動をすべてこの場面に――パーティションとして切り出した領域に封じたのだ。

ふだんの私の精神活動は完全に乙原に帰依《きえ》している。私の居場所はそこであり、「中庭」

は無人だ。ただ、水に浸された鹿賀家の内部、三人の――所長と奥さんと田津さんの――影がそこで息づいている。私の反抗心や危険思想も。

「中庭」は完全に孤絶していて外へは何も漏らさない。外界から入る経路もない。私の連絡役としての仕事にも関わっていない。単に、私の「奪われたくない部分」を保存するためにここがあった。

中庭への鍵は、不用意に開かないよう、三つ揃《そろ》えなければならない。「中庭」という言葉を意識すること、硬貨をいじること、そして〈指の舌〉で、専用のアップデータを舐めることだ。ふたつ目も難度が高いが、とくに最後がむずかしい。

ただ、共聴システムの局側設備《ヘッドエンド》を町内会が所有している十壕谷のような地域なら、やりようはある。

「いま教えてくれた情報は、どうやって持ち込んだんだ」

「東京みやげの菓子包みがあったでしょう。あのバーコードを貼り替えていたんです。イメージをコピーしておいて、さっきここへ入るときにデコードしました。文字数は大したことないんで」

「仕掛けはいいが」所長は笑った。「たまには中庭《こっち》にもみやげを持ってきてよ」

「いいえ、もうみやげはありません」

所長がこちらを見た。

「『中庭』を解散しようと思います。私がここへ入れてもらったのは、この雨の夜の中にあなたたちを閉じ込め続けるのは、卑怯《ひきょう》な気がしてきたからです」

前方をブロック塀がふさいだ。その向こうが美澄旅館だ。塀は私の胸の高さほどある。身重の田津さんに乗り越えさせることはできない。

「いったん前に回るしかないわあ」

奥さんが言った。そのとおり、行くしかない。

だが、奥さんはそこで命を落とす。

前の道路まで出ると、水位は膝を越え腰まで達した。

「流れがある。壁伝いにゆっくりゆっくり」

所長が田津さんの手を取り、進んでいく。水は腹のあたりに迫っていた。身体を持っていかれそうになる。田津さんは泣きそうにしている。旅館は玄関を開けていた。近所の人を受け入れている。そのとき、前方から木箱がひとかたまり流れてきた。近所の魚屋ののだった。軽く平たい木箱が田津さんの腹部に当たらないよう、奥さんが進み出た。かがんで木箱を払いのける。

「おい！」

所長が怒鳴り、田津さんが悲鳴を上げた。

金属の円筒が横倒しになって流されてくる。ＬＰガスの大きなボンベだった。浮いている。そして速い。

「えっ」

かがみこんでいた奥さんの頭をボンベが強打する。そのまま水の中に倒れ込む。怒号、悲鳴。所長は水に消えた奥さんを探し回り、自分も水に消える。私は無理やり田津さんの手を引いて、旅館の中へ連れて行く。三階へ上がる。座敷は近所の人でいっぱいだった。水は増え続けて二階の半ば以上にまで達し、一晩中、流木や家具、ボンベなどが旅館の外壁や柱を打ちつづけた。

翌朝、所長は、隣家の二階の屋根にしがみついているところを発見される。かたわらには奥さんのなきがらがあった。

8

ダイニングの壁に取り付けられた防災行政無線の端末装置は、大濠川が警戒水位をまだ下回っていないと告げている。降り始めからの雨量が五百ミリに達しています。低い土地の浸水、河川の氾濫、土砂崩れに厳重に警戒してください、と。水量は上流からの流下によってさらに増えることが予想される。雨もまだ完全には止《や》んでいない。標高の高さと湿気の多さから来る白いもやが、午前七時の十壕谷をすっぽり包んでいる。

「ほらね、洪水はなかったでしょう」

田津さんは私に客用のタオルと歯ブラシを渡してくれる。今回の降雨量はおそらく二二災を上回ったが、水が町を覆うことはなかった。

田津さんは厚手の長袖Tシャツに釣り用ベストを羽織り、首にタオルを掛け、庭仕事用のつばの深い帽子を被っていた。ゴム手袋の上には軍手をはめていた。

「洪水は、ね」

田津さんはそう続けた。かける言葉もない。

「お母さーん、西村建設さん来てくださったよ」

タケさんが階下から呼ぶ。

「すぐ行くー」

二階の窓からも――もやを通してさえ――惨状はくっきりと望めた。通りを挟んでならぶ向かいの家々の向こう、堤防と川を越えた正面、鷹居山の山腹の赤い地面がむきだしになっている。三すじ、いや小さいものも入れれば五条の線が山を駆け降り、木々と土砂を押し流していた。

未明の轟音《ごうおん》と地響きは、この部屋をもゆすぶった。

「シキくん、あなた『中庭』を開けっ放しにしてるのね？」

「ええ」

「だいじょうぶよ、そのまま、当分は」

「いよいよ最終局面だと思ったから、ずっとこのままにしておくつもりでした。でも……」

ここからは見えない。けれども、あの真下に美須鏡酒造の工場がある。頒布会を通じた拡散の段取りをつけるために来たのだった。

しかし、まさにその日にこんなことになるとは。蔵のタンクは全滅したという。

「美須鏡《カイシャ》へ行くよ」

「私も……行っていい？」

おそるおそるそう言った。断られる気がしていた。この事態が自分の責任のような気がしていた。中庭の中に封じ込めていた四十年前の水害を、私があふれださせた。乙原朔が弱体化している最初で最後の機会を台無しにした。まったく理由のない、そんな罪悪感が私をさいなんでいた。

「来れば」

田津さんはあっさりOKした。

現在、十壕谷全域は停電している。移動体通信の鉄塔は鷹居山の山頂にあり、そこから引かれた年代物の光ファイバーは山腹の崩壊によって電源ケーブルごと引きちぎられて通信は途絶していた。バングルはエラーをサーバに出しつづけている。しかしそれはどこにもつながらない。

「橋は？」

田津さんは懇意にしている西村建設の箱バンに乗り込みながら言った。

「渡れる。びくともしてない」

ヘルメットをかぶった西村さんが答えて、車を出した。

「途中の二か所は道の泥をよけて、矢板を入れといた。工場までは行けるよ」

「うん。ありがとう」

工場に入る手前に通行止めのバリケードがあって、そこで箱バンは停まった。

「二次災害はごめんだ。きょうは何もできないぞ」

「わかってる」

田津さんは、助手席で腕組みをしてじっと前を睨《にら》んでいる。破壊された蔵を見ている。

ごっふっ、ごっふっ。ワイパーが雨滴を拭っている。

私は何も言えない。通信が途絶していたとしても、バングルにからめとられた世界で、それ以上口にできることは何もない。

「十壕谷はさ、オロチの寝所《しんじょ》だよ」

ふと、田津さんはそう言った。所長の話の続きだろうか。ごっふっ、ごっふっ。間歇ワイパーが十往復するあいだだまりこみ、それからまた話し出す。

「オロチはこの川にいるかぎり、神通力からは自由になれない。それでもときどき出し抜こうとする」

田津さんは車を降りた。急斜面をえぐり落とした土砂崩れの跡を見ている。天へ駆け登ろうと掛けた、オロチの爪痕を見出そうとするかのように。

とつぜん雲が切れて日が差した。びっくりするくらい強烈な光だった。

「塵輪はね」田津さんはだれにともなく言った。「お父さんも開発に加わってたんだよ」

「それは知ってるけれど……」

「シキさん」私は戸惑った。さんづけで呼ばれたからだ。「見て、あそこも壊れちゃった」

田津さんが指さしたのは、敷地から河原へとゆるやかにくだる護岸の中ほどに作られた大きな生《い》け簀《す》だった。

蔵の敷地は広い。だから流れ下ってきた土石は会社を押し潰しはしたものの、河原へはほとんど流れ込んでいない。ただ、きのうバスを潰しかけた落石くらいの岩が、ひとつそこまで転がっていて、コンクリートの生け簀の一部を破壊していた。

地元の業者が作ったのだろう、垢抜《あかぬ》けないデザインの看板の鉄板も、衝撃でねじまがっている。

看板には「川の宝石　ニシキアユ」とあった。

観賞魚で町を元気に――だれから聞いたのだったか。

「騙してごめんね。蔵では本物のお酒しか造ってなかったよ」

私はさぞ目を丸くしたことだろう。私のこれまでの行動は、すべて工場に疑いを向けるためだったのか。

「だって、保健所や税務署をごまかせるわけないじゃん」

観賞魚で町を元気に――塵輪技術で造られた新種。

「もう十五年も前からニシキアユは全国の同志に出荷してるよ。国内数千か所の――ご家庭の水槽が、バングルの機能を狂わせる化学物質の生産拠点になっていたんだ。あの小魚一匹一匹の中には、塵輪の粋《すい》を凝らした小さな工場が作ってある。シキさん、いまの『乙原王朝』のていたらくはあたしたちが仕掛けたんだよ」

「日本酒頒布会」ではなく、観賞魚愛好家の同好会に擬態した組織を作っていたのだ……私はそう理解した。乙原朔への帰依を作り出しているのは、何千回にも及ぶアップデートとアドオンモジュールの積層、そして社会制度への過度の適応が作り出す「認知のゆがみ」だ。誰も気づかないうちに、それが少しずつ正常化する組織。

ニシキアユの「飼い主」にはどんな人物がいるだろう。飲食店のバイト店員、アパレル会社の社員デザイナー、保健師、教師、理髪店主、印刷業者、公共建築の清掃を担う高校生ボランティアだっているだろう。生化学物質の標的になるのは〈指の舌〉でもよいし、その他の方法も考えられる。攻撃の対象は政府につながる重要人物もいるだろうし、雑踏をあるく市井《しせい》の人びともいるだろう。田津さんのことばどおりなら、飼い主たちは十五年もの時間を掛けてすこしずつすこしずつ「乙原朔」なるものの力を削《そ》いできた。そして、おそらくは、もっと多くの組織がそれぞれに活動している。

今や〈彼〉が拡張してきた「家族」は、みずから瓦解《がかい》しつつある。

「シキくん、こっからが正念場だよ」

田津さんの目は帽子の影でまっくろに塗り潰されている。

とつぜん、落雷のような途轍《とてつ》もない音がした。増水した川を大人の頭ほどある石が数十個も押し流されてくる。近くで小規模な土石流でも起きたのか、石の一団が勢い余って河原に乗り上げ生け簀に激突した。壊れかけていた生け簀の外枠が大きく崩れた。

一陣の強風が、私の顔を叩く。

雲の裂け目が押し広げられる。

夏の光が幅を広げ、山の緑、赤い斜面、破壊された工場、そして私たちを直射し、彩度を上げる。

私たちと——そして魚たちの彩度を。

川の宝石たちが解放され、一団となって生け簀からあふれ出していた。

金、銀、緑、朱、赤、青、青、黒——メタリックな輝きを放つ、短刀のようにするどい魚形が、厚みのある大きなまとまりになって、まるで一匹一匹をまばゆい鱗とする一頭のオロチみたいだ。流れていくにつれ魚群の先端はいくつかに分かれる。優雅な女性が差し伸べる腕のように、そして指先のように、夏の濁流を駆け下っていく。

緋《ひ》愁《しゅう》

富田博《とみたひろし》が事務机で弁当を食べ終え、宙を睨《にら》んで考えごとをしていると、道路パトロールに出かけていた作業服の一団が事務所に帰ってきた。いかつい顔をした本田《ほんだ》がにやにやしながら、「トミさん、またぼうっとしとるな。面白い写真見しちゃろうか」とポラロイド写真の束を差し出す。山あいを走る県道のガードレールに真っ赤な布が巻き付いている。次の写真もそう。その次もそう。四枚目に目を剝《む》いた。路肩にざっと十台もの車が縦列駐車している。車も真っ赤だ。およそ十センチ四方の赤いタイル状のなにかをびっしり車体に貼《は》り付けている。ひとつひとつに同心円の紋様が描かれている。

「なんですかこりゃ」

「ほらあの、ぐるぐる教じゃろ」タイルの紋様からそう呼ばれているらしい。「車道に盛大にはみだしちょるが。あんたが『退《の》け』言うてこんと」

「いやですよ」

日本中を震撼《しんかん》させた巨大カルト集団による大規模テロからまだ五年経《た》っていない。地下鉄の通路に倒れ伏す人びと、鳥かごを掲げて家宅捜索に入る機動隊員の姿はまだ記憶に鮮明だ。

いやですよちゅうてもそれが管理係長の仕事じゃろうがと本田がニヤニヤしているところへ、所長室から大木《おおき》課長が帰ってくる。さっき市の土木部長が所長に電話を掛けてきた。赤い布の集団が居座っている件、地元自治会から苦情が入っている。県道だから管理責任は県の土木事務所にある。市の部長は所長に電話し、所長は課長に対応を命じた。「トミさん済まんが、退け言うてきて」

狙いすましたように、昼休み終わりのチャイムが鳴る。本田のまわりには人だかりができていてわいわいと写真を覗《のぞ》き込んでいる。富田はため息をつく。

「すぐにどっか行くんじゃないですか」

「もう二週間もいるんだよ。警察にも苦情がいってるらしい」

富田は呻《うめ》きながら席に戻り、ノート型のワープロをたたむ。その上にタウンページをひろげ現場近くの駐在所を探す。地元のようすを聞いてみると、きょうの午後警告に行く予定だという。やった、渡りに舟だ。「一緒に行きましょう、すぐここを出ますから」。了解がもらえて富田は心底安堵《あんど》する。部下のうち道路担当のふたり、西野《にしの》と東山《ひがしやま》に声を掛ける。「テープとポール、あとカメラも持っていこう。それとゼンリン」。公用車のレオーネ・バンに乗り込み、三人は出発した。

現場まで小一時間掛かる。運転席の西野と助手席の東山は、かの団体のことを話しあっている。あのキャラバン隊は県外から来て、この数か月県内各所に出没している。山あいの交通量のすくない道路を見つけては、数週間キャンプし、またどこかへ行く。一旦去ってから戻ってくることもあり、油断がならない。

「とは言っても、別に悪事を働いているわけじゃないし。どうしたらいいんでしょうね……」

富田は後部座席で会話を聞きながら、思いは昼休みの考えごとに立ち戻っていく。直前の日曜日、老母が独り暮らしをしている実家に立ち寄り、ひさしぶりに話し込んだ。母はいつも若い頃の生活苦についてくりごとを言う。昭和三十年代のはじめ、嫁いだばかりの母は、夫と義母、独身のきょうだいたち合わせて八人で、六畳二間と四畳半にぎゅうぎゅう詰めで暮らしていた。生活は困窮しており、その時代のエピソードがいくつかあって、そのローテーションにつきあうのが富田の役目だ。ところがその日に限って、母は、富田の下にじつは妹がいたと告白したのだ。

経済的に育てられないため堕胎《だたい》した。

富田が物心ついた頃には両親祖母との四人暮らしだったが、茶の間の小さな簞笥《たんす》には四月になると内裏《だいり》と雛《ひな》が置かれていたことを不意に思い出した。母の口調はさっぱりとしたものだったが、あの人形は妹のためのものだったのではと思い至ったとき、前方に駐在所が見えてきた。

白と黒に塗り分けたトヨタ・スターレットが前方を走っている。初老の警官が現場まで先導してくれている。県道は山裾《やますそ》を伝いながら標高を上げていく。人家がまばらになるとセンターラインのない道となり、しばらく家のないあたりを走っている。向かって右手は切り立つ崖、左手は深い谷のはずだが木々や竹やぶ、夏草が盛大に繁っていて、鬱蒼《うっそう》と暗い。左手の藪《やぶ》、ガードレール、右手の斜面の吹きつけ、その上に張り出す枝々もすべてが黒みどり色に染まっている。登り坂は九十九折《つづらお》りで、西野がひんぱんにMTのギアチェンジをするたび、レオーネのエンジンは耳障りな唸《うな》りをあげる。カーブのたびに「警笛鳴らせ」の標識が現れるが、前を行くパトカーはホーンではなくパッシングで自車の存在を報《しら》せる。その光があざやかに感じられるほどの暗さだ。山越えの道。峠《とうげ》を越えればとなりの郡だ。

「あと五百メートル向こうだったら、あっちの土木事務所の管轄だったんだがなあ」

富田はぼやく。トンネルが見えてくる。古い隧道《ずいどう》だから断面は卵を立てたように縦長で、細さ狭さに思わず富田は肩をすくめる。中は驚くほど暗い。前方の白く明るい光が次第に大きくなって、車が出口を抜けると、目がくらむほどの八月の午後が開けた。相変わらず狭い道だが、左手の木々や藪が一掃され、空と遠くの山並みが一望できる。痛快なほどの日照に、周囲の緑も息を吹き返したようだ。

「そろそろですね……おおー、これか」

曲がった道路の向こうから一本のカーブミラーが現れた。黄色の一本足、まるい一つ目。何の変哲もない道路設備に深紅《しんく》の布が巻き付いていた。古代ローマの政治家がまとったトーガを富田は連想した。カーブミラーが後方に過ぎ去る。「これだけ？」東山に「だといいんだけどね」と応じる間もなく、今度はガードレールに、やはり深紅の布が大へびが巻き付くように延々とまとわせてあった。波うつ布の鮮やかさが目に差し込んでくる。写真で見たのと現物とは大違いで、赤一色といっても単調ではなく、緋色《ひいろ》というのか、深みと気品のある色だった。次のカーブミラー、そのまた次、進むに従って布の巻き付けようが厳重になっていく。やがて右手の斜面も覆われはじめた。あきれるほどの高さまで覆われて、七段飾りのひな壇のようだ。辺鄙《へんぴ》な山道だけに想像以上のインパクトがある。先導するスターレットがハザードランプを点滅させながら徐行しはじめた。

「その向こうですかね」

西野も同じようにする。その次のカーブを曲がった先に、赤い車列が並んでいた。

路側帯は向かって右手にある。パトカーは一番手前の空きスペースに嵌《は》まり込むように停まったが、富田は西野に「いったん最後尾まで行ってみようや」と指示した。

レオーネはハザードを点滅させつつ車列を右手に見ながらゆっくり前進する。ハイエースとセレナがあわせて六台だが、合間合間にテントやオーニングが張られてもいて、キャラバンの全長は五十メートルをかるく超えていた。端まで行き着くと「バックして」。通行車両はほかにない。西野がギアを後退に入れ、前進よりよほど速いスピードで道を戻った。「さっきの『本部』っぽいとこまで」

車列の中ほどにアメリカ製とおぼしき大型のキャンピングカーがあり、その前後の隙間にねじこむようにレオーネを停めて三人は降りた。風が強くドアがあおられそうになる。応対したのは、三十代半ばの男性だった。服はもちろん緋色で、医師の白衣のような形をしている。真っ赤なゴム長はめずらしい。メガネのツルまで赤いのは驚いたが、富田は神妙な顔で警官の出方を待った。警官はなにかの書類を出し、読み上げ、手渡した。かんたんな警告のようだった。さあ押し問答だぞと身構えたが、警官は富田を見た。「こちらは終わりました。あとはどうぞ」

正直、何も考えていなかった。西野と東山はこちらを見守っている。富田はメガネの男にここで何をしているのかと問う。問答しながら周囲をチラチラと観察もする。

わたしたちは毒性のある電磁波を回避しながら生活している。回避には移動が欠かせない。だから車を使い、適切な場所を探し、とどまる。金属製品、とくに細長いものは電磁波を伝えるので布で覆うしかない。車に貼った護符も紋様のパワーで電磁波を斥《しりぞ》ける。電波密度が低い山間地、交通量の小さい道路はうってつけなんです。お願いですからもう少しここに居させてください。車だって通れるじゃないですか。さっきあなたたちが通り抜けられたように。日に何台も通らない道ですよ。下の集落には一軒ずつおうかがいしてご了承いただいていて。

いきなり各戸訪問されたら断りにくいでしょう、と言いたいがこらえる。まわりではキャラバンの人びとが立ち働いている。午後三時になろうとしている。食事の準備だってはじまるだろう。大型テントの下には発泡スチロールの大箱が積まれている。段ボール箱からはネギの緑がはみ出している。町なかのスーパーまで買い出しに行き、ここで料理しているらしかった。行き交う人びとはみな赤い服と赤い長ぐつに包まれている。

富田はメガネの男に説明をする。土木事務所は道路の管理をする。道路は、路肩や路側帯も含めて機能するものだ。だれであろうが、どんな理由だろうが、何週間も塞いでもらっては困る。まわりの迷惑ですよとは言わない。あくまで道路が道路であり続けるために必要なのだ、と辛抱づよく繰り返し、いつなら動けるかを交渉する。一か月？　ご冗談を。あしたの朝は？　無理だ、台風が来るから。なるほど、じゃあ台風が行ったら引き払えますね。赤メガネはしぶしぶうなずく。そこで手を打つことにした。

車道へのはみ出し具合を測っておくのでと告げて、ポール——二十センチ幅で白黒に塗り分けた棒や、テープ——巻き尺を使おうとすると、男が難色を示す。長いものは電磁波を導く。われわれの代表は体調が悪く車内で臥《ふ》せっている。彼女の身になにかあったら責任取れるのか。取れないし取らないしそもそも測定と体調は関係しない、と突っぱねたいが、いくら警官がいるといっても得策ではない。ああそれなら現場撮影で使う黒板を立てて写真を撮《と》ります、比較すればだいたいの長さがわかるから、となだめて西野と東山に指示を出す。キャラバンがはみだしてるところ全部と、できれば全景がわかるように撮っといて。それから富田は赤メガネに向き直る。写真が終わるまでの世間話のつもりで言う。電磁波ってやっぱりそんなに恐いものなんですかね。

すると赤メガネの表情がさっと変わる。

富田から外した視線は、赤く巻かれたガードレールの結界の外、青く霞《かす》む遠くの稜線《りょうせん》へ向けられている。

世界がね……心細げな、ほとんど泣きそうな声を男は漏らす。……世界が歪《ゆが》むと彼女は言ってます、と。がんとか難病とかを予想していた富田は面食らう。

電波には多数の世界が含まれていると代表は言います。テレビやラジオのドラマや映画、パーソナリティの放談や視聴者のはがきに含まれる虚偽はひどくなるばかりで、すぐにマスメディアも嘘にまみれるようになる。なにより恐ろしいのは携帯電話だ。いずれ個人が携帯電話でつく嘘とテレビの嘘が混じり合うようになる。そうしたらあっという間だ。ひとの数だけある主観世界が漏れて現実をじっとりと溶かす。電波に含有されているたくさんの世界が滲《にじ》み出し現実を多重化してゆく。

「私たちは――と代表は言います――電波を排して、断固、単一の現実を生きましょう、と」

富田は男が何を言っているのかわからない。わからないが気味悪い。どうせ自分とは関係ない。当たり障りのないことを言っておこう。

「あなたも同じように思って、ここに参加されたんですね」

男は力なく首を横に振った。

「いいえ。気がついたら、私はここにいました」

西野と東山の作業はつづいている。富田は赤メガネから離れてキャラバンの中をぶらぶら歩いていた。赤いタイルと見えたものはプリンタで印刷しラミネートフィルムで覆ったものだった。車と車の間にロープを何本も渡して、洗濯物が大量に干されている。長衣《ちょうい》、襟《えり》つきのシャツ、シーツ。強い風が緋色の布をはためかす。台風は発達しながらどこか遠くの海上をゆっくりと移動している。上空に築かれつつある雲と熱の団塊の想像を絶する質量を富田は想像する。陽射しは傾いてくる。蟬《せみ》しぐれが降り注ぐ。さっき赤メガネは言った。自分がどうしてここに来たのかわからない。代表は、このキャラバンは因果の隙間に落ち込んだ者のたどりつく場なのだと言います。そうなのかもしれない。私は自分の名前も、誰と何をして暮らしてきたのかも覚えています。かつてキャラバンがもとの自宅の近くを通ったとき、夜中にこっそり戻ってみました。妻と息子がいるはずの私の家はなかった。代わりに古いみすぼらしい家があって、それは私が子ども時代に別の遠い町で住んでいた家とうりふたつでした。玄関の前に三輪車があった。それが誰のものだったか思い出すのがこわくて私は全力で逃げ戻りました。以来、ここを離れようと思ったことはありません。富田さんお気を付けて、赤メガネは富田の名札を読んでいい、それから付け加えた。——忘れ物をしないように。

目の前ではためく緋色にいざなわれて、富田の思考は小簞笥の上の男雛女雛に戻っていく。おにぎり型の土人形の、胡粉《ごふん》の質感や泥絵の具の色、緋毛氈《ひもうせん》の色をまざまざと思い出す。堕胎《おろ》したのだと母はつぶやいた。雛人形を見ることなくこの世から消えた妹はどこへいったのだろう。もちろんどこにも行かない。他の多くの死者と同じだ。そのとき

「お兄ちゃん」

と呼ぶ子どもの声がした。ここには子どももまでいるのか。タタタタタ。洗濯物の向こうを小さな足音が駆け抜け、また戻ってくる。富田は集団生活に取り込まれた子どものことが気になった。洗濯物をくぐり声の主を探す。しかし声も足音もそれきり消えて、気がつけば波うつ緋の海のただなかにひとり、右も左もわからない。すると、左袖《ひだりそで》をくい、と引かれた。低い位置から、小さな手で。

見下ろすと、幼い子どもがふたりいた。無地のTシャツとカラージーンズ、キャップもシューズもすべて赤い。首にそろいのバンダナを巻いている。兄妹だろうか。

袖をつかんでいたのは、年かさの男の子の方だ。人さし指と親指で、作業服のカフをつまんで離さない。なぜ袖につかまるのか。ここにとどまれというのか、つれだしてほしいのか。おおきな四つの黒い瞳は、孵《かえ》ったばかりのおたまじゃくしみたいに黒く濡れぬれとしている。富田は自分の子の瞳を思う。子どもの目はみんな濡れている。つい喉元までその少年の名前が出てきそうになる。はじめて会ったのに名前を知っているはずがないと気づくと、その名前は雲散霧消した。

「お兄ちゃん」。背の低い方が子どもらしいしぐさで体をもじもじとねじった。「だめよ」。なにがだめなのか。女の子の目が糸のように細くなる。遠く音楽がきこえる。だれかがラジカセでも点《つ》けたのか。篳篥《ひちりき》のような空気の震え、鉦《かね》を敲《たた》く音。異国のような古代のような未来のような音。とつぜんそれらすべてを吹き飛ばすように、突風が叩《たた》きつけた。布が顔をはたき目を強く打《ぶ》たれた。三枚、四枚と、シャツが飛ばされ、シーツが飛ばされ、バタバタと羽撃《はばた》きの音とともに車列を撫でながら遠ざかる。一枚のバンダナがガードレールを蝶《ちょう》のように越えていった。

帰り道、東山が便所に行きたいと言ったので、国道沿いの小さな道の駅に立ち寄った。富田は農産品直売コーナーを見るともなくぶらついた。瓜《うり》や西瓜《すいか》や南瓜《かぼちゃ》。ジャムや漬け物、おこわ。富田は餡《あん》入《い》りの草餅《くさもち》を手に取った。三つ入りのパック。ちょうど数が合っている。今夜みんなで食べよう。

忘れ物をしないように。ふと赤メガネの声がよみがえる。富田は尻ポケットをさぐり、二つ折り財布を確認してなんとなく安心する。だいじょうぶ。家の鍵もある。なにも忘れていない。事務所に帰るとがらんとしていた。フィルムはあす朝現像に出す。復命書もあしたでいい。お疲れさんと部下をねぎらい、自転車で鉄筋四階建ての職員宿舎に帰る。玄関のスチール扉を開けると台所から調理の音がする。ハンバーグらしき匂いもする。

「おかえりー」。タタタタタ。玄関へ駆け出てくる子どもの足音。

そんなものはない。

富田は靴を脱ぎ、施錠し、ドアチェーンを掛けた。手を洗いシャワーを浴び、スウェット姿で食卓に着く。大きなハンバーグが三つ湯気を立てている。

「これは?」

妻はきょとんとした顔で富田を見る。三つ焼くのはあたりまえではないか。

「だって」

しかしその後が続かない。ふたり暮らしなのだから。ふたりは俯《うつむ》きハンバーグに箸《はし》を入れる。そうこうしているうち思い出す。三つ目のハンバーグは二つに分けて、それぞれあすの弁当に入れるのだ。いつもそうしている。たったそれだけのことをなぜ思い出せなかったのか。富田は、草餅を三つ買って帰ったことを言い出せない。人数がぴたりと合う——道の駅ではたしかにそう思えたのに。

夜が更ける。ふたりは布団を並べて目をつむる。ゆうべより距離が近い、小さな布団一つ分の間隔があったはずだと身体が訴える。しかし押し入れを開けるのがたまらなく恐い。そこに子ども布団があったらもうどうしたらよいかわからない。「ごめんね、ごめんね」妻はしくしく泣いている。いまにもはね起きて探したい。どこにもいやしない息子を半狂乱で探し回りたい。そんな衝動をふたりは押し殺す。いましも見殺しにしつつあるのだという罪悪感に耐える。ひと晩でいい。ひと晩眠ればこの感覚は消え去り、いまここで震えていることとさえ覚えていまい。

富田は思う。あのフィルムはあすもまだ自分のデスクにあるだろうか。

西野と東山はきょうの現場のことを覚えているだろうか。

妹はほんとうに堕胎《おろ》されたのか。

とつぜん眠気が巨大な刃物みたいに墜ちてきた。

鎮子
しず こ

志津子《しづこ》は饗津《あえづ》の町の長い長い坂を下りてきて、海岸沿いの幹線道路につきあたると右へ曲がった。平日はつとめにいくため左をえらぶが、日曜の朝は洗たくを終えたら一時間ばかり散歩をする。五月下旬のよい天気。丸襟《まるえり》のブラウス、ちいさな水玉が整然とならんだ紺のスカート、白いくつ、手製の小ぶりな布バッグ。五分と行かないうちにコンクリの堤防の向こうに青銅色の塊が見えてくる。禿頭《とくとう》の小男が軍服の胸に勲章を犇《ひし》めかせ天を指さしている像は、冷戦期の共産主義国家が建立《こんりゅう》したみたいなばかばかしい大きさで、それが横ざまにころがされ、あちこちが手あたり次第に切り取られて、鳥籠《とりかご》のようにスカスカな造形物になっている。像がこの浜に〈引き揚げ〉られて一年以上たつけれどもまだ潤沢に金属を取り出せる。きょうは作業がお休みでだれもいない。重機はお医者さんの玄関のスリッパみたいに行儀よく並ばされている。その前を過ぎてさらに行くと六階建ての総合病院が打ち上げられている。こちらは先々月に打ち上がったものだがさすがにそのときばかりは饗津ぜんたいがおおいに沸いた。病院は倒立しているので、中の探査は困難をきわめていたが、今後どれだけ多くの人が助かるかわからない。

堤防の段々を上がって天端《てんば》まで来ると、志津子はもうすこし歩いて、像と病院を左右にながめられる場所で立ち止まった。ハンカチを敷いて腰かけ、水筒のお茶をのみ、しょうゆ味の飴玉《あめだま》を口に入れてカラコロいわせた。ひたいや上腕の内側がかるく汗ばんでいて、風がすずしい。日曜の散歩は毎週欠かさない。夫が生きていた頃から。

風が強くなったので志津子は髪をまとめる。そして正面を——軍人像と病院のあいだにある何もない方角を見る。

砂浜がおわる場所、陸とうみの境界をじかに見ることはできない。汀線《ていせん》があるべき場所は灰色の煙りで厚くおおわれている。〈霧〉——その実体は似ても似つかぬものだが——は刑務所の塀のように波うちぎわに沿って果てしもなく続く。その外にあるうみを、志津子は思う。

パパッとクラクションが鳴り、志津子の背後を自動車が通っていった。バスだ。泡洲《あわず》交通の路線バス。ふりかえるまでもなく、運転しているのは内川和志《うちかわかずし》だ。いまのは志津子を見かけたときの鳴らし方なのだ。恥ずかしいったらありゃしない。小さくなった飴玉を奥歯で砕くと、立ち上がってのびをする。空気は乾燥して学校のグラウンドのような匂いがする。似た匂いを、ゆうべ和志の部屋で嗅いだ。シャツを脱がすとき肩のあたりで日なたが匂ったのだ。六畳ひと間、十四インチのブラウン管と小さな茶だんすのあいだに敷いた布団に仰向けになると、天井と柱の日めくりが目に入った。行為のとき彼の腿《もも》が茶だんすに当たりその拍子に黒電話が落っこちてきたけれども、お互いの身体にむちゅうだったから、気づいたのはあとになってからだった。

志津子は、陸の方向を向く。

いちばん手前にはさっきバスが通った片側一車線の大通りがあり、道に沿って商店や事業所がならぶが、そのすぐ奥からはもう住宅地だ。饗津は山がうみに迫っていて平地がほとんどない。地面の高さはみるみるせり上がりそこから先は急な傾斜が山の上までつづく。近くのメガホン型の街頭スピーカーから「春の日の花と輝く」のメロディが流れ出した。一日三回、朝と正午、そして午後五時に、中学校の吹奏部の演奏の録音が流される。あちこちのスピーカーが歌うから、時間差やら山からの谺《こだま》やらでメロディは複製され、乱反射し、重畳《ちょうじょう》し、時間を失いかける。まぼろしのような音楽を聴きながら志津子は斜面を見わたす。立ち並ぶ瓦屋《かわらや》根やトタン葺《ぶ》きのあいだあいだに異様な事物が埋め込まれている。ガラスと金属を帆船《はんせん》の帆《ほ》のように展開したものは、家十軒くらいの大きさがある。その右上の方にはもっと大きなスズメバチの巣のような半球がまるく盛り上がっている。様式も技術もこの泡洲のものとはまったく異なる建築が山裾《やますそ》から頂上まで。あるところでは点在し、また別の場所では密集している。目を凝らせばティカルの碑文神殿、デヴァター像を擁するパンテアイ・スレイ、ロンシャンの礼拝堂、ポタラ紅宮、そのほか災厄の前にはだれ知らぬ者もなかった世界的大建築の面影さえ見てとることができるのだ。

〈霧〉の向こうにひろがるうみから、思い出したように災厄が襲いかかる。

町も人もたえまなく翻弄される。

あの建築群も、うみの打擲《ちょうちゃく》の痕跡であり、その集積が地質となって積みかさねられてこの陸地はできている。

これが志津子の生きる町、志津子の世界だ——

志津子はたばこを取り出しマッチで火をつける。昨夜、和志は志津子に求婚した。六つも年下の無口な若者。和志には教えた。まえの夫を殺したことを。それでも和志の意思は変わらなかった。さて、どうしたものだろう。志津子は煙をふかぶかと吸い求婚の返事を思案する——


「プロポーズされたらどうするの?」

十年もののしょぼくれたリッターカーの助手席で、田地鎮子《たちしづこ》はわれにかえった。カーナビに点滅する自車の矢印は日比谷通《ひびやどお》りを北へ進んでいる。運転席の母親の向こうで帝国ホテルとミッドタウンが通りすぎる。鎮子の側の窓から見える外苑《がいえん》の緑は新緑から初夏の色に変わろうとしている。その彼方には鬱蒼《うっそう》と繁る吹上御苑《ふきあげぎょえん》の木々があるのだと鎮子は思いだし、ようやく空想の世界から現実に着地した。

御苑の核心部には江戸時代の街道跡があり、両脇にひしめくケヤキの巨樹は樹齢三百年から四百年、樹高二十メートル以上に及ぶ。このお濠《ほり》の中には都内の巨木の二割が集中しているのだ。それを教えてくれたのは広芝豊明《ひろしばとよあき》だった。みどりの日になったらいっしょに御苑の観察会に行きませんか。初対面は里中《さとなか》先生の出版記念パーティーの、宴会場の外のロビーで、広芝はそう誘ってきた。それは十一月のある日のことだったのでなんて気が長いと鎮子はあきれ「ふふ」ちょっとおかしくなって「じゃあそのまえに一回打ち合わせしませんか」と返事をしたのだった。そしてあんなに先だったはずのみどりの日がもうすぐ来る。みどりの日がなぜみどりの日なのかといいますと、それはこの森とも関わっているんです。そう語る広芝の声が耳によみがえる。

「どう?」母親はもうひと押ししてくる。「ねえどうするの、プロポーズされたら」

「ないって。ないない」

スカートの膝に日が差している。鎮子はそこに手を置き指を伸ばしたり傾けたりする。マニキュア、しぜんな血色にみえるだろうか。

「検索したらすごい高級なホテルじゃない。広芝さん、気合い入ってる」

「ご飯だけならそんな高くないよ。やっぱりひとりで来ればよかった」

お濠の風景を見ているうちに、鎮子はまた「泡洲の世界」に戻っていきたくなる。左手のお濠がうみである情景を思いえがく。うみに溶けた事物が——軍人像やガラスの帆船や碑文神殿が灰色の濁流になって押し寄せるさまを。あるいは日本の重役顔で収まり返っている丸の内の建築群を〈うみの指〉が溶解し、まったく別の光景につくりかえるさまを。

ただの逃避だ。三か月前、じぶんが広芝にしたことを考えたくないだけだ。あれは、男性にとっては辱《はずかし》めに違いなく、向こうからは二度と会いに来るまいと踏んでいたし、じじつそれきり連絡がなかったので安堵《あんど》していたら一週間前、また会ってお話がしたいと不意打ちのようにSNSのメッセージが来て鎮子は動顛《どうてん》した。ああ、あれはじぶんにとっても侵襲的な行為だったのだと思い知り、それをほかの人にわからされたことが癪《しゃく》で、ここで断ったらスコアボードに「負け」のバッテンがつくように思えて、いいですよそれなら会いましょうかと返した。つい母親にぐちったばかりに、なかば連行されるようにしていま約束の場所に向かっている。

「あのね、あのことはもう話してるんだ。だからたぶんないよ、プロポーズとか」

助手席の日よけについている小さなミラーで口もとを確認する。口角を引っぱってみる。

「それ、かえって脈があるわよ、うん。その方がうっとうしくなくっていい、って人もいるよ」

「気安くいわないで」

うっとうしいに決まっている。私と暮らせば、些細《ささい》な負担が始末に負えない火山灰のように降りつもる。人生の選択肢をいくつか捨てることにもなる。こっちだって気が重い。爪を目の前に持ちあげる。注意ぶかく色を選び、まぜて、しぜんな血色にみえるように塗った。こんなフェイク、まいにちはしていられない。

「あんたもさ、今回にかぎらずもっとその、男のひとと気楽につきあえばいいのに。結婚は考えなくていいから――ええっとこのへんぜんぜんわからないけど、こここのままだよね」

和田倉門《わだくらもん》の信号を直進しながら、母親は照れくさそうに前を向いている。おかあさんあのね、いちいち教えないけど、これまでつきあった男のひとは、ひとりやふたりじゃないし、しっかりセックスもしたよ。

「大手町の信号を右だよ」

行幸通《ぎょうこうどお》りを渡るあたりから周囲のビルの高さがきわだってくる。有楽町、丸の内、そして大手町は、ここ二十年ばかりでつぎつぎと超高層ビルが建設されたエリアだ。バブル経済が崩壊した後、不良債権処理の一環として、二十一世紀初頭から、規制緩和で都市再開発プロジェクトを呼び込む「都市再生」が本格化し、このあたりは「東京都心・臨海地域」の呼称で特定都市再生緊急整備地域に指定されている。その成果は日比谷通りとＪＲにはさまれた区域に林立しており、広芝が指定したホテルもそうやって再構築された空間に海外からやってきた。ルアンパバーン、ゴール、ルメレザン、スヴェティ・ステファン島、ファユン。世界じゅうに拠点を持つハイエンドの外資系リゾートホテルが都心の最上層、経済の敗北が打ち立てた塔の高みにかちりと嵌《は》め込まれて、千代田区一帯の地上をまなざしている。

ちいさなリッターカーはウィンカーをチカチカさせて都市銀行や保険会社の巨大ビルに挟まれた交差点を右折する。鎮子は母の左耳をみる。じぶんのとよく似た形。おんぶされていたころ、いつもその耳を奪い取ろうとするのでたいへんだったよ、といまでもいわれる。あんた、からだ弱いくせにえらい力でつかむんだから。

太田道灌《おおたどうかん》が江戸城を築城した頃、いまの大手町のあたりまで入り江だったと教えてくれたのも広芝だったはずだ。潮のにおい、海浜の風景。しかしいま、フロントガラスの向こうには目的のビルがシャープに切り立つ。ガラスと鉄の外壁の、その上端近くが一フロア分だけほかよりも少し窪《くぼ》んでいる。あの窓の列が広芝と会うレストランなのだと気づいて、とつぜんいたたまれない気分になる。気持ちの遣り場に困って、鎭子は泡洲の世界、饗津の町に逃げ込みたくなる。

こんなとき思い浮かぶのは、お日さまにひかる点滴のしずくなのだ。

いろいろ聞いてみるとそれは一歳半のころらしい。ベッドからみあげた透明のプラスティックバッグの中、規則的に落ちる点滴液のしずくを鎭子は覚えている。しずくが落ちるたびに日の光がゆれて、その規則性、リズムが幼い鎭子のからだに刻まれた。入院中の鎭子はいつもぐずっていたかべそべそ泣いていたのだが、ある日を境にすっと大人しくなった。妖精の歌に耳をすましているみたいに、だまって目をまんまるに見ひらいてね。耳にたこができるほど聞かされた話だが、そのときなにが起こったか鎭子は見当がつく。泡洲の原型がうまれたのだ。ぽたっぽたっと落ちるしずくを見て、その映像とリズムが心の中にコピーされた。退院して点滴とさようならしても、鎭子の心はしずくの光とリズムを反復した。くるしいこと、いたいこと、くやしいことかなしいこと、病気の苦痛が心を呑《の》み込みそうになると鎭子は心をそのリズムに飛ばしてやりすごすわざを身につけていた。いま苦しいこのからだから心を切り離し、しずくが落ちる場所、べつの土地を想像しつづける。炭酸カルシウムをとかした水が鍾乳石《しょうにゅうせき》を大きくしていくように、いつ果てるともなくしたたり落ちるものが、わだつみのような鎮子の心象に小さな点を育てた。飽きもせず点を見つめているうち、そこには濃淡がうまれいつしか模様になった。ひとが月面にうさぎや蟹《かに》や女の横顔を発見してきたように、ちいさな鎮子はそこに空想の地理と架空の歴史を想像する。やがてそこは、空想上の友《イマジナリーフレンド》ならぬイマジナリーランドとして、鎮子の心がいつでも帰ってゆける安息の場所、彼女の内面そのものになっていった。

——吸い込んだけむりをふうっと吐きおえる。志津子は饗津の町のいっとう高いところにいる。海岸通りと堤防ははるか眼下にあり、志津子は斜面の一番上にある和洋折衷のお屋敷の、バラの蔓《つる》をからませた白いフェンスの前に立っている。そこは（小さなころから）お気に入りの場所だ。ここからなら霧の塀の外を——ゆったりゆったりと波うつ灰色のひろがり、うみを一望できるのだ。

うみ。

志津子の知るかぎり世界には二種類の場所しかない。一辺が百キロメートルばかりのほぼ正方形の陸地、この泡洲と、その外にひろがる茫漠《ぼうばく》とした灰色のひろがり、うみの二つだ。

かつて——だれもそのときのことを記憶していないが——、海と陸地のほぼすべては、原因不明の災厄で崩壊した。大陸も島嶼《とうしょ》も海溝も、生き物も文明の産物も、一様に解《と》け、まじりあって蕎麦粉《そばこ》を溶いたようなひろがり、うみができた——そう学校では教えてくれた。

うみにふれたが最後、どんなものでも溶かし込まれてしまう。陸上げしたままの船が仮にまともに動いたとしても、外へ出ることはできない。しかし泡洲にいるならば生きのびていける。霧の塀がうみから守ってくれるからだ。

これが志津子の住む世界だ——あるいは鎮子の心象の中にうみだされた世界だ。鎮子が幼いころから倦《う》むことなく空想し、細部まで練り上げてきた世界だ。

浜辺の軍人像、さかさまの病院、斜面に点在する旧世界の大建築。あれらはうみから引き揚げられたもの、あるいは〈うみの指〉が陸地に残したものだ。旧世界の事物は、実は「そこなわれず古びもせずに、うみという記録媒体の中に情報として保たれている」のだという。いくら聞いても理屈はさっぱり理解できなかったが、実感としてはわかる。〈うみの指〉が襲ってきたときの様子をみればわかる。

ときおり、前ぶれもなく霧のかべが消えて、その向こうでうみが「指」のような形をとり、それが何十、何百とへびのようにうねりくねりながら陸地に到達し、奥へ奥へと侵入してくる。指にふれられたものは、たしかな形を失い、そこに思いもよらない形を生み出していく。たとえばガラスの帆、スズメバチの巣、あるいは碑文神殿。そのようすを、こう説明する者がいる——ピアノ弾きが鍵盤《けんばん》に手を走らせるように、〈うみの指〉は泡洲のありとあらゆるものをまさぐり、そこに「思い出」を演奏するのだ。音ではなく、形で、と。

志津子はたばこの灰をお屋敷のきれいな芝の上に落とし、もう一度ふかく吸い付けた。

「鋏《はさみ》だったの」

ゆうべ、いっかいめの行為がおわったあとならんで仰向《あおむ》けになって手をつないで、志津子は言った。

「うん」とだけ和志は応えた。

鋏だった。刃の長い裁《た》ち鋏はエプロンのポケットには収まらず、すこし考えてエプロンの裏に共布で鋏の入る袋を作った。家にいると始終なぐられる。だから志津子はいつも夕食後に夫の昭吾《しょうご》を散歩に誘った。その夜、昭吾はふざけて霧のまぎわまで近づき、耳ざわりな歓声を上げて砂を何度も何度も蹴り上げた。とつぜん前ぶれもなく塀が、ひと三人の幅だけ消え、灰色のうみがすぐそこに見えた。二、三歩先に混沌《こんとん》が口を開けていた。あおざめて下がろうとした昭吾はわき腹にかるい衝撃を感じ、みると志津子が凄《すご》い形相《ぎょうそう》で裁ち鋏を突き刺していた。先端は肺に達していた。そのときの昭吾の目をまだ覚えていると志津子は言った。ずっとそんな奇跡が起きないか、うみがむき出しになる瞬間が来ないかと願っていたのと志津子はつけくわえ、和志はまたうん、と応じた。昭吾の拳が志津子のこめかみにめり込み、その拍子に鋏が抜けた。転びそうになるところを踏ん張り、志津子が重い鋏を下から上へ斜めに振り上げるとがつんと手ごたえがあった。刃先が昭吾の右の眼球を斬り、目がしらの骨に食い込んでいる。夫の尻を蹴るとがっしりした体軀《たいく》が前につんのめり、ざぶんと音がして両ひざが灰色の波うちぎわに浸かっていた。

ちり紙がさっとインキを吸うように昭吾の脚から上体へ灰色がしみとおった。夫の身体はゴムのシートのように平たいくねくねになり、ぺたんと砂地に横たわって、そのままずるずるとうみに引きずり込まれていった。全身がまんがみたいにびよーんと伸びて、まだ意識のある目が志津子を見あげていた。そこまで話し終えると志津子は上になって和志のくちびるを咥《くわ》えた。昭吾と比べると毛の少ない大腿部《だいたいぶ》のかたくなめらかな筋肉の起伏に手を這わせる。和志はその動きを封じるように志津子の首を掻《か》き抱く。志津子は和志の喉仏のあたりを舐《な》める。


「なにしてんの」

手のひらでじぶんの顔をあおいでいる鎮子に母親はくびをひねっている。鎮子は口ごもる。空想の内容をいえるはずもない。

「ちょっと暑くて。顔、ほてってない？」

「そう？　見えないけど」

つい「まあ、うまれつき顔色悪いからわからないか」と軽口を叩《たた》いてしまう。

「うまれつき」は使っちゃまずかったと後悔したが、綸言《りんげん》なんとやらだ。母親がサイドブレーキをかけたのをいいことに、そっちを見ないようにして車の外に出た。母親がどれほど自分を責めているかよくわかっているのに。

「言えば迎えに来るよ。お泊まりしてもいいけどね」
気づかぬふりをしてドアをしめた。ホテルのエントランスはしずかなオフィスビルのようだ。そのまま進んでエレベーターホールにたどりつく。レセプションは二十三階。エレベーターにはそこへいくボタンしかない。腕時計は一時十分過ぎだった。広芝にメッセージは送っていて、返信は「席で待ってます」だった。この一週間で交わしたメッセージはふたりあわせても二百字にもならない。エレベーターが動き始める。鎮子はこのときの上昇の感覚に身をまかせるのが好きだ。身体の重さが変動してもそれはエレベーターの責任だからだ。この身体についての自分の責任がいくぶん免ぜられた気になれる。責任がすこしうすれた身体で鎮子は高層階へとあがっていく。

心臓の疾患は先天性のもので、手術を行わない場合の生存率は生後五年で約四十パーセント。帽子やよだれ掛けを着せてもらうより早く鎮子のからだにはメスが入り、三歳までにさらに二度の手術を受けねばならなかった。ぐるぐるぐるぐる。ぐるぐるぐる。しづちゃんの心臓は血の流れがうまくぐるぐるしない病気なんだ。だから息がくるしいんだよ。手術すればちゃんと回るようになるからね。三度目の手術の前に、父親は指をぐるぐる回しながら鎮子に説明した。母親の実家の畳部屋の照明は古いサークル式の蛍光灯で、布団で寝ている鎮子からみると回る指がぐうぜん蛍光管の光の輪をぴったりなぞっていた。父の説明は医学的には不正確だが、電力会社の技術者である父はもちろん心得ていて、三歳児の恐怖を取りのぞくことを考えたのだ。

単心室症では、分かれているべき肺循環と体循環の血液がまざりあう。三度目の手術を終えれば、肺へ向かう血液と戻ってくる血液の経路を分けて低酸素の苦しさからいくらか解放される。父には山奥のダムでの仕事があり、鎮子と母親は通院や急な搬送を考えて町中の母の実家で暮らしていた。母の年齢にしては祖父母は歳がいっていて、かれらのすむ木造家屋も古ぼけていた。かべには砂みたいなのが塗ってあったし、カレンダーは気味悪い二色刷りの大きな日めくりだったし、玄関の電話台には編み物カバーの掛かった大きな黒電話が生き残っていた。鎮子のくちびると爪はチアノーゼ特有の色で、すこしはりきってあるくだけで立っていられないほどつらくなる。体をやすめている横で、久しぶりに泊まりに来た父が指をぐるぐるさせる。目をつむると父の指が黒電話のダイヤルを回しているのが見える。蛍光灯の輪が洗濯機のうずみたいにぐるぐる回る。部屋の中にあるもの、日めくり、畳と布団、蛍光灯、やがて黒電話やざらざらの壁や古くて暗いお風呂場や寒い台所や、この家の一切が鎮子の頭の中に吸い込まれていくようで気分はますます悪くなる。肺静脈から血液が還流していくように、心象の中の小さな島に、祖父母の家の昭和の道具だてや押し入れの中の黄ばんだグラフ誌の写真が――ノスタルジックなディテイルが流れ込む。島はじょじょに領土を広げていく。

たいいんしたらおとうさんの家にかえるよ。手術がおわり血中酸素濃度が改善して鎮子はとっても気分がいい。そうだね、しづちゃん、かえれるね。あしたおとうさんにあえる？　あえるかな、どうかな、おしごといそがしいかもね。そのころすでに父はダムのある山あいの町で別の女性と深い関係にあった。あえない、あわない。あえない、あわない。鎮子は小学生になっても、中学になっても、高校になっても祖父母の家で暮らした。泡洲と饗津もじりじりと成長し、複雑で豊かな細部をたっぷりとはぐくんでいた。山があり、道があり、海岸通りがあり、お寺があり、神社の裏には深い大きな森があり、バスには運転士と車掌が乗っていてかれらはグラフ誌で見たのと同じ制服と制帽を身に着けている。セメント瓦やトタン葺きの屋根がひしめく安普請《やすぶしん》の町並み、床屋の三色のポール、薬屋のゾウ、商店の木枠のガラス戸には金縁の黒エナメルで店名が大書されている。何にもかもが手彩色の写真のような色合いでにじんでいた。

エレベーターの扉が三十三階でひらくと正面にレセプションデスクがある。モダンで静謐《せいひつ》で、高精細、高解像度のインテリア。デスクも床も黒く磨き上げられ、それらが弾《はじ》く光は涼しく澄んでいる。鎮子は歩み寄って名前を告げる。

「田地といいます。食事の利用で」

予約者の名前を言うまでもなく、別のスタッフが左側から声を掛けてくれる。

「広芝様のお連れさまですね。お待ちです。お席までご案内しますね」

スタッフの女性がすらりとした長身に着ているのは、チャイナドレスかなと思うほどしなやかに身体に沿うダークブラウンの服で、彼女の深みのあるアルト、物腰、ぴったりとまとめた黒髪、南アジアを感じさせる風貌ととけあって、なるほどここはリゾート・ホテルのチェーンだったなと思い出す。

女性についていこうとして左に向き直り、鎮子ははっと息をのむ。黒い内装がそのまま続いていく先には、おどろくほど広大な屋内空間が左右、そして上下に伸びている。その先、一段上がった領域――そこにレストランがある――の向こうは一面が垂直な桟《さん》で切られた窓になっていた。晩春のひかりがその先に満ちている。皇居の真上の空だ。

ならぶ窓の区画のひとつに逆光の影が立ち上がった。かげろうのように立つくせっ毛、両側にひろがった耳など輪郭だけでまちがいなく広芝とわかる。あわてて立ったのだろうか、ひょろっとした身体が斜めになっていて、初対面の日を思い出す。あの、あのう田地さんですよね、校正をしていただいた――半年前、出版記念パーティーでさいしょに声を掛けてきたときのおずおずとした声や、そのくせにこにこした顔や、近寄りたいのか離れたいのかよくわからない風情を思い出すが、きょうの鎮子はそのときとちがって口もとがほころばない。自分が広芝にしたこと、その全景が、細部が、広芝の打ちのめされた吐息が、手のひらの温度が、寝具の上に立ちこめた匂いが一団となって胸にせり上がり息が苦しい。広芝は自席で立ったまま、こちらが近づくのを待っている。鎮子は白い服を着て黒くみがかれた段差をあがる。

フォンタン手術は単心室症を完治させるものではない。鎮子の場合はチアノーゼが少しだが残ったし、ほかの人よりも早く二十代なかばで不整脈が出現しワーファリンの服用もはじまった。この時点で鎮子は主治医と検討し、妊娠をあきらめることにした。たまたまそのとき付き合っている人がいなかったので、いまなら決められると判断した。人生の選択肢のひとつが朝の幽霊のようにうすれて消える。鎮子は泡洲を思い、饗津の浜を思い、そこに立つ志津子を思った。もしかしたら産めたかもしれない赤ちゃん。鎮子はそれを勢いよくうみに放り込むさまを思いえがいた。涙は出なかった。可能性の海の上にぽつんと浮かぶ限定された陸地で生きているのは、じぶんだけではない。老眼をしょぼしょぼさせながらリッターカーを走らす母も、いまは北海道にいるとかいう父も、まだ結婚、出産する気まんまんの「安産体型」の友人たちも、その日総合病院のロビーで順番を待っていたうなだれた人びとも、だれでもそうなのだ。

そのよる、〈うみの指〉が饗津を襲った。

輾転《てんてん》としてねむれない夜具の中で、とつぜん鎮子の脳裡《のうり》に寝静まる饗津が克明に描かれた。月が照らす電柱の碍子《がいし》、木造の醫院《いいん》の玄関のまるい電灯、住宅地を縦横にめぐる未舗装の道のしらじらとした色。なにもかもが手にとれそうなほどで、その不穏さといったらない。いまからこれまでにないほどの〈うみの指〉がやってくる。鎮子がどれほど思い浮かべまいとしても、それとは無関係に、巨大で、全面的で、徹底的な真の大災害が起きる、そう直感された――

広芝と最初に寝たのは――それがいまのところ最初で最後なのだが――初対面の二か月後のことだった。午後二時の客室にはまだ昼の光が満ちていて、いちめんの白いシーツに寝そべり、鎮子は広芝の手を取ってまつ毛がふれるくらい近くでじっくりとながめてから、指を一本ずつ丹念に舐めていった。つぎの指に移るつど「すき、これ」とささやきながら。それを「みどりのゆび」と言ったのは広芝本人で、だからといって特別な味がするわけでもないが、ふだん多弁な広芝が空気にのまれたように言葉少なになったのがかわいく、薬指まで舐めおえると身体を伸ばして相手のくちびるをこちらのくちびるでつまんで、悪戯《いたずら》っぽく引っぱった。広芝は反対側の手で背中を撫でてくる。十歳年上のこの男は離婚経験があると言っていて、その手を拒んだときの妻の背中はどんなふうだったろう。鎮子は広芝の肩に手をかけじぶんの身体を引き上げて、本格的なキスをはじめる。できるだけ行為に集中しながら、広芝の舌、指、爪を望む場所へ誘導する。やがて求めていたものが、鎮子の心身を深い根から揺り動かす重量感のある波が、うねりはじめる。

――志津子の直感は、まず町の上で気圧が急降下するところから現実になった。いくすじもの冷気が斜面の上から下へ降りてくる。雲もないのに空のどこかでゴロゴロと雷が鳴る。うみの方角で「圧」が高まる。いぬたちが吠《ほ》えまくり、小鳥やカラスがいっせいに飛び立って空に逃げた。その羽ばたきの音と同時に、うみから陸をまもる〈霧〉の障壁はとつぜん消失して饗津はまったくのまるはだかになる。

そのまま水位を上げてしずかに、苦痛なしでこの町をのみ込んでくれたらいいのに——志津子の願いは聞き届けられない。〈うみの指〉はいつもどおり、無数の、のたくりまわる、無限の体長をもつへびのように、しかしきょうばかりは何千何万という灰色の鎌首《かまくび》をもちあげ、それがそっくりそのまま陸へ向けて水平に押し寄せてきた。地盤をうばいとられたコンクリの大堤防は、歯茎からこそぎ落とされた歯のようにばらばらになり月の光に白く照らされながら液状化した地面にずぶずぶと沈む。指たちは、海岸通りの路面を浴衣の帯のようにほどき波打たせ、すっかりはぎとると饗津の町に到達した。布団の中で身体を折り、枕をつぶれそうなくらいきつく抱きしめている。饗津をめちゃくちゃにしている力のみなもとがほかならぬ自身の煮えたぎる嗔《いか》りであることを、もちろん鎮子は知っている。遣り場のない悲痛や憤激が、饗津の斜面を驀進《ばくしん》していく——

「みどりのゆび。あなたが?」

パーティー会場の片すみで、初対面の広芝と鎮子は壁を向いてふたりだけで話をしている。

「はい。親から私、そう呼ばれてました。児童文学に出てくる少年が持っている才能のことなんですけど」広芝は両手をブックエンドのように縦にして小刻みに上下させながら話す。身体もまるい眼鏡もそれにあわせて小さく動く。学年にひとりかふたりは必ずいる「変わった奴(でも、愛される)」らしかった。小説家の里中が監修した料理本の一部を広芝が執筆し、鎭子は在宅の校正者としてその本に関わっていたのだった。広芝は新顔野菜やあまり見かけない野菜とおいしい調理法を執筆していた。

「私すきでした、広芝先生のページ。校正者は仕事の本で楽しんではいけないんですけど。先生の野菜愛がアツくて」

「あ、え、そうです？　うれしいな。どれがよかったですか、ロマネスコ、コールラビ、それともサヴォイキャベツ」

「どれもすてきでした」

そのときの変化がおもしろかった。あれえ、と言わんばかりの落胆が顔にうかび、胸のところまで持ち上げていた長い腕をぶらんと垂らした。この人には薄い社交辞令は通じないのだとわかって、怖いようなほほえましいような感情を味わった。校正の赤ペンをうごかしながら何度かあじわった感覚はまちがっていなかった。

「お野菜、ご自分でもお作りになるんですね。お得意なんでしょ」

「いえ！」広芝は胸を張った。「野菜だけじゃないです、花も、くだものの木も、あと公園の木ですね。樹木医の資格を持っているので」

聞けば両親は大きな造園業を営んでいて、その両親ですら閉口するほどの植物好きで、植物がらみのことなら——酒造から神社建築まで手がけるライターとして生活しているらしい。このときの会場はやはり皇居の緑を望むことができる国内資本のホテルで、宴会場の外のロビーへ抜け出したふたりは夜の闇に沈む森の広がりをながめた。

「なぜそんなにお好きなの」

「だって、すごいですよ。どんな場所にも押しかけていって、むしゃむしゃと繁って、実を生《な》らして種を落として」

むしゃむしゃという表現はぜんぜん変だけど、この人らしい。赤を入れてはいけないのだ。

「あ、そうです？　私はだめだな」鎮子の爪はこの日も入念に色をととのえていた。「なんでもすぐ枯らしてしまうから」

「へえ、そうです？」おそらく広芝はおうむ返しをしている自覚もなく——


——驀進する指の中には地下をもぐって進むものもある。その経路に沿って、饗津の地盤は液状化する。家々が連坦《れんたん》する市中のあちら、またこちらとまっくろな底なし沼が口を開ける。指があらわれ家々をまさぐって演奏する——質料の性質を変える。

鍛冶町《かじちょう》、大工町、末広町。五十戸から百戸の住宅が密集するいくつかの下町が音もなく消える。家屋も建具も布団の中の人間もぬかるみのように溶け、そののち指に混練《こんれん》され形を与えられて、百戸分の瓦を鱗《うろこ》のようにまとった正体不明の流動体になって四方八方へ散っていく。

明治町、大正町、昭和町。飼いいぬが火のついたように鳴き出したために飛び起きたある家の主人は、瓦をまとった泥の一団が自宅の板塀を倒し、庭石と石灯籠《いしどうろう》といぬを巻き込み、ガラス戸と縁側を押し破るのを見、次の瞬間には家族もろともその流動体に溶かされてすでにその肉体はないが、なぜかいまわの際の叫びだけが尾を引きつづけていて、声はその主人だけではなく、何百、何千という人びとの金切り声と怒号を縒《よ》りあわせて大きくなったり小さくなったりしつつ、雲も星もない月夜の空を恐怖の声を束ねたものが、ながいながい笞《むち》のようにわたっていく――

――鎭子は沼のようにあたたかく潤んだ部分で深く広芝を呑み込み、仰向けの広い腹、白い胸を波うたせる。身体をゆすり上げる快感は広芝の動きがもたらすものだが、それを使ってもっと高いところまで昇ろうとする鎭子の意思の賜物《たまもの》でもある。このとき鎭子は自分の感覚の中に一本の棒を思いえがき、それをあやつるようにして自分の内奥から多彩な感覚を掘り出し十全に蒐集《しゅうしゅう》しようと、ある種の冷静さを保って試みている。ひととおり試み終えると、十本の指を広芝の背中に回し、尻をなで、やがてその大きな手で男の両の腰骨をがしっとわしづかみにした。

ふつうでない気配を感じた広芝の身体が、怪訝《けげん》そうに動きを止める。それをのがさず、鎭子は男の身体を押しやりみずからも腰を引いて、広芝の器官をずるずると抜いていく。そうせずにはいられない自分を蔑《さげす》みながら、鎭子は一分以内に到来する未来を思いえがいて、目もくらむような快感を覚える。

——わたっていく空のその下で夜襲に気づいた町は騒然としている。寝巻き姿の志津子も屋外にいて、群衆の満員電車のような圧力の一部となって渦巻いている。逃げる先はない。すでに饗津の地下は指たちに制圧され、どこが液状化するかは予断できない。とつぜん大音響と下から突き上げる衝撃が志津子たちを見舞う。一丁先で巨大な影が家並みをおしのけて浮上してくる。難破船の沈みゆく舳先《へさき》をフィルムの逆回しで見るかのようだが、影のりんかくは舳先のような三角もあれば、物差しのような長い矩形《くけい》もある。四方八方で同じ音がする。志津子の視線は群衆とともにぐるぐる回って、これから饗津を蹂躙《じゅうりん》する怪物の大群がそこらじゅうからぐんぐん伸び上がってくるさまを目撃する。モダンなビルディングのように煌々《こうこう》とかがやく光の点を鏤《ちりば》めたもの、沈没船にこびりつく貝殻のような不規則な凹凸でびっしりおおわれたもの、烏貝《からすがい》のような光沢のある黒を帯びたもの。鎮子の想像力が〈うみの指〉にこのような剛体をあたえることは滅多にない。この夜、鎮子の嗔《いか》りは饗津と泡洲を二度と再現できないほど叩きのめすことを欲していた。およそ三十階建てほどもある指は思い思いに動き出す。地面はあたりじゅうがタール溜まりのようになっていてだれも足が引き抜けない。指のひとつが大きく偏心した円運動をすると表面に付着していたものがガラガラと落下してくる——

広芝の下腹部は、ゴムにくるまれた性器の先端から鼠蹊部《そけいぶ》まで鎮子のおびただしい体液で濡れている。鎮子は腰をつかまえていた手を離し、左の手のひらで引き締まった陰嚢《いんのう》をそっと包み、反対側の手で慎重に避妊具を剝《は》ぎ取っていく。いつものように男の顔は見ない。男には驚きがあり、当惑があり、警戒があり、（笑止だが）期待があることが身体の接している部分や息遣いから伝わる。くるくるとまとめたゴムを右の小指と薬指のあいだに挟みその手のひらが――

――スローモーション映像のようにゆっくり落ちてくるのは、窓という窓から火を噴く双発のプロペラ旅客機であったり、一学級ぶんの机といすをジャングルジムのように組み立てた一個のオブジェであったり、おもちゃ屋で買ってもらった魔法使いの杖《つえ》であったり、川の堤防に付けられた取水用の水門であったり、乗り合いバスほどもある巨大な銃弾であったりした。それらの事物に押し潰されあるいは打ち砕かれて死ぬのだ。そしていまや四国の半分ほどもある泡洲全体が、海岸線から内陸へ向けて、スープにひたした中国風お焦げのように、もろく割れ目を広げながら灰色の混濁に沈みつつある。

この土地がなぜこれほどの暴虐を受けなければならないのか、志津子にはさっぱりわからない。しかし鎮子は確信する――

その手のひらがいまや丸裸にされた器官をそっとなぞり上げる。
「すき、これ」
そう耳にささやかれてはひとたまりもない。鎮子の顔のすぐ左に、広芝はどすんと勢いよく頭を突っ伏す。ベッドが沈み、揺れる。鎭子ははねまわる器官を両手でにぎり離さない。何度も何度も痙攣《けいれん》的に射出されるものの勢いを手の中に握り込む。強く、弱く、くりかえしくりかえしにぎってはゆるめ、やがて空気と混ざりあわされて泡立った精液が指のあいだからとめどなくにじみ出し、いくすじもの白い線になって手首まで垂れてくる。広芝は顔を起こさない。起こせない。からだぜんたいを戦慄《わなな》かせる男の呻《うめ》きが、細く引き伸ばされ、悲しそうに変化していくのを鎭子は耳のすぐ横で聴く。恥辱。この仕打ちに対する怒り。男の感情を想像しつつ鎭子はまだ両手の動きを止めない。白昼の客室に植物的な匂いが濃く立ち上る。


——しかし鎭子は確信する。医師と話しあって人生の選択肢をひとつ消したきょうこの日から、私はこのうみに囲まれた想像上の土地をくりかえし破壊せずにいられなくなるのだろう。ぐるぐるぐる。天井からぶら下がった光の輪、指がなぞった境界線の中、限定されたもうひとつの故郷をいくども破壊し、何食わぬ顔で再生させ、そしてまた壊しつづけるだろう。私は志津子を——泡洲につくりあげたじぶんの似姿をなんどもなんども殺すことになるだろう。

息をするように破壊する。そして想像することを止められない。それが私だ。

鎭子はおそろしくてたまらない。いずれ想像上の土地だけでは満足いかなくなるだろう。他人を傷つけはじめるだろう。

「ごめんなさい」

ランチの料理がなかばまで進み、魚の皿がならべられたとき、とつぜん鎮子は頭を下げた。

泡での乾杯からアミューズ、前菜、パスタに到るまで広芝豊明は言葉少なではあったけれども、居心地悪そうだったり、もの言いたげであったりすることはまったくなく、しかしいつものように饒舌《じょうぜつ》でもなくて、なんともどかしい空気に鎮子は酸欠になりそうだった。息苦しさのあまりもうどうにでもなれというつもりで切り出した。本人を目の前にすると、やはりあれはひどいやり方だった、いくらなんでもひどいと認めざるを得なかった。

「このあいだしたこと、あなたをひどく傷つけたと思います。あやまります。ごめんなさい」

しかしかえってきたのはまったく意外な言葉だった。

「キャベツ」

「え」

神妙にしていた鎮子は思わず顔を上げた。

「サヴォイキャベツです、これ」

黒いテーブルの上には、粗い織り目の白い布マットが広げられている。サーヴィスの男性が置いていった器は浅い杯のような深みがあり、そこにきみどり色の濃度のあるソースが敷かれ、ソテーされたハタの身は焼き目がこんがりと美しく、ムール貝の剝《む》き身を両脇にひと粒ずつ従えていた。

「きゃべつ……」

「ほらわかりませんか、ここですよ」

広芝は魚の下に敷かれた葉物をフォークの先で触れてみせ、そのまま引っ張り出した。サヴォイキャベツの葉はくたくたに煮られても縮緬《ちりめん》状の細かな皺《しわ》と襞《ひだ》を保っていて、広芝はそれをはんぶんに分け、まず片方をそくざに食べた。丸っぽい眼鏡の中で目がうれしそうになる。うすい眉、かげろうのようにふわっと立っている髪の毛。鎮子は思い出した。最初に会食したときもこんなだった。メイン料理が運ばれるなり「その牛肉とぼくの鴨《かも》、交換しませんか」と聞いてきたのだ。もう二度と逢うまいと決めつつ、しかしちょっと魔が差して取り換えてあげたら、広芝は付け合わせのピュレをはんぶん掬《すく》っただけで皿を戻してきた。じゃがいもの品種が気になってしかたがなかった、ただそれだけだったらしい。そしてしきりと「その鴨のソース、芹《せり》の香りがすごく良くないですか」とくりかえしたものだった。

意を決して下げた頭の持っていきどころがないので、鎮子はしかたなく広芝をまねてキャベツを食べ、そして息を吞んだ。あたたかいソースはびっくりするほど強いうまみをたたえていた。たくさんのムール貝、そして魚介の身やアラを惜しげもなくつかい、その上でうまみの核心だけをそっくり塊で切り出してきたようなソースを、キャベツの皺がたっぷりと含んでくれている。葉の形状が食感に軽快さを与えていて、うまみだけを堪能できるのは実はそのおかげなのだと気がついた。

「おいしい。たぶんここが――」広芝は目をおおきくして、うんうんとうなずいた。じぶんと同じ意見を対面の女性が話そうとしている。それがうれしいのだ。ふしぎなことだが鎭子は、広芝のうなずきになんだか励まされた気分がして、その先をきちんと言葉にした。それが目の前の人物の意見とおなじだったらいいなと思うことにおどろいていた。

「たぶんここが、このお料理の中でいちばんおいしいところだと思う。お魚よりも貝の身よりも」

そして鎭子は思い出す。

里中先生のパーティー会場の外の、ひとけのないロビーを。すでに日は暮れていたが、まだ桜田濠《さくらだぼり》のこんもりと繁った木々を見分けることはできて、広芝は、かの土塁の上でスダジイがいかに苦渋に満ちた長い人生を生きているかを滔々《とうとう》と語り、鎭子はそれを聞いている。聞かされているのではなく、聞いている。「男の説明」はいつだって退屈だが、広芝のは少なくとも苦にはならなかった。ああ、そうだ。だから「じゃあそのまえに一回打ち合わせしませんか」とつい口走ったのだ。

「ぼくからお話があります」

サーヴィスが肉料理の皿を運び去るその背中を見送り、一呼吸おいてから、広芝は鎮子に向き直った。ちょっと見にはわからないけれどひどく緊張している。鎮子はこころもち背を伸ばした。

「このあいだはありがとうございました。言いにくいことだったたと思います」

心臓に重い病気がある。じぶんは妊娠できない。からだの負担はもちろん、くすりが胎児に与える影響もある。——ひどい行為を終えて、手のよごれを淡々と拭《ぬぐ》いながら鎮子は事実を述べたのだった。

「そのときにすぐ言えれば良かったんですが——」

広芝が声をのみ込んだのはまたサーヴィスの近づく気配があったからだ。遅めの時刻にはじめたせいだろう、いつのまにかほかの客はみな帰っており、スタッフはディナータイムの支度をはじめていた。夜はテーブルをクロスで覆うのだろう、大きなリネンを置いて回っている。鎮子は左手を向く。窓の外にきりひらかれた空には夕方の色が差している。空の下には広大な皇居の敷地が広がり、人工緑青《ろくしょう》のしろみどりが美しい宮殿の屋根にも、暮色がうわぐすりのように薄く掛かりはじめていた。

可能性の海の上にぽつんと浮かぶ限定された陸地で生きているのは、じぶんだけではない。老眼をしょぼしょぼさせながら運転する母も、北海道の父も、「安産体型」の友人たちも、総合病院でうなだれる人びとも、そして武蔵野台地の東端、かつて海に面していたこの土地に住む人びとも、その点にかぎっては変わるところがない。

ふたりに、ひとつめのデザートが供された。絹のようにつやめくヴァニラアイスクリーム。その上になにか柑橘類《かんきつるい》の薄いスライスが載せられている。生の果実ではない。調理法はわからないが、キャンディーのようにぱりぱりと脆《もろ》い質感だ。果実は、アイスクリームの白いあかるさを透かし出し、柑橘の断面特有の放射状のパターンとあいまって、そこにだいだい色の光源が置かれたようだ。

「はい」

「ぼくが離婚した理由なんですが」けほん、と咳払《せきばら》いして広芝は「精索静脈瘤《せいさくじょうみゃくりゅう》という、なんというか、そういう名前の病気があってですね、つまりぼくは男性不妊なんです」

としか返事のしようがない。

「これでおあいこになりませんか」

「ならない」

鎮子は切って捨て、そっぽを向いた。「なるわけないでしょ」

吹上の森は老熟していると広芝はいっていた。江戸時代から生き残ってきたケヤキ、スダジイ、ムクノキ、アカガシといった高木の多くは成長活力が衰退している。枯死、あるいは倒木によってできた空間にそそぐ新鮮な光をむさぼって、カラスザンショウ、イイギリ、カジノキらがすばやくその場を占拠し、これまでの樹種に付け入る隙を与えない。それが積み重なりじょじょに森の様相は変化する。

おあいこ、と聞いたとき、胸が鋏で刺されたように痛かった。妊娠をちっともあきらめてなんかいなかったんだ、なんとかなるかもとどこかで甘いこと考えていたんだと思い知らされた。

この男が子孫をのこすのはむずかしいだろう。私もおなじだ。おびただしい無精の液体。妊娠が禁忌《きんき》である身体。

さあて、どうしようか——饗津の町では志津子がたばこのけむりをながながと吐き出しながら、やはり思案していることだろう。いくども再起動される泡洲の地で、志津子と和志が結婚に到る可能性は五分五分で、鎮子にも予測はつかない。志津子はさいごは彼女ひとりで決断する。あるいは、決断しかねているまにつぎの破滅が来る。

東京。かつて大量の弾薬が降り注ぎ一夜で十万人が焼け死んだ街。巨大な地震に打ち砕かれた街。富士からの火山灰が積もった街。いま責任を宙づりにしてくれているこのレストランだって経済的惨敗の副産物だ。最近の十年のつけは、広芝が愛する森とおなじように、衰退と譲り渡しとを以て清算することになるだろう。よくよく破滅に事欠かない街だ。

しかしその森の現状も、膨大な時間のほんの一断面にすぎない。広芝のいうとおり森は部分的には崩壊するのだろう。そしてべつの部分がしぶとくみにくく生き延びるのだろう。でも、もしかしたら意外と美しいものになったりするかもしれない。

「さて、まずは、とける前に味わっちゃいましょうか」

鎮子は光のスライスを匙《さじ》でこなごなに突き崩した。だいだい色のかけらをまぜられて、氷菓は自照するかのようにあかるくなる。鎮子はそれを銀の匙でたっぷりとスクープし、口もとに運びながら広芝にいった。
「つぎのデザートが来るまでに、おおいそぎで私の考えをお返事しますね」

参考図書
近田文弘『皇居　吹上御苑、東御苑の四季』ＮＨＫ出版、二〇〇七年
岩井克己『宮中取材余話　皇室の風』講談社、二〇一八年

鹽《しお》津《つ》城《き》

Facet 1　志於盈《しおみつ》の町で（一）

「鹵落《しおお》とし」の朝、渡津《わたづ》託朗《たくろう》はふだんより早く食事を支度する。サイドボードの上の小さなふたつの位牌にごはんを供え、羊肉の干物を焼き、ゆうべの味噌汁《みそしる》を味見し味噌を足す。身体を動かすし汗をかくから塩分が必要だ。行平鍋《ゆきひらなべ》が煮え立つ寸前に、生卵をふたつ割り入れると、透明な白身がレンズのように汁を窪《くぼ》ませる。それがみるみる白くなる。玄関の戸の桟《さん》を手のひらで叩《たた》く、たんたんたんという音が聞こえた。

「先生、お早うございます」

声を聞かなくとも妻であることはわかる。託朗はガスの火を絞り、玄関へ出て、古いねじ式の錠をくるくる回した。戸の桟にはまったすりガラスは朝の光で薄明のように白く光っている。カラカラと引き戸が開き、巳衣子《みいこ》はふろしき包みを持って、朝の光の中に立っていた。

「きょうは、あったかいです。よかった」

年下の妻は、いつものようにほとんど表情というものを泛《う》かべない。ゆうべも徹夜していたはずだが、疲れた様子も見せずサンダルを脱いで上がってくる。二間しかない小さな家の六畳の茶の間で手早く食事を終えると、ふたりは台所に並んで念入りに歯を磨き、小用を足してから三畳の箪笥《たんす》部屋に移った。障子《しょうじ》を閉め、着ているものをすべて脱ぐ。部屋は狭く身体が触れあいそうだ。巳衣子の裸体からはかすかに消臭剤の匂いがしている。すらりとしてほとんど無毛の巳衣子の身体は、障子で和らげた日をあびて、微光を放つように託朗には感じられる。巳衣子の手は夫の白髪《しらが》交じりの陰毛で覆われた部分も撫で回すが、託朗の性器は平穏を保ったままだ。

巳衣子は背中にかかる髪を器用にまとめる。ふろしき包みを解く。町会《ちょうかい》から配られた伸縮性のある下着で首からつま先までをぴったり覆う。その上に不織布《ふしょくふ》の作業着を着込み、保護帽を被る。食品工場の従業員のような姿になってふたりは家の外へ出た。雲雀《ひばり》や雀《すずめ》がしきりと鳴いている。遠くの山は四月特有のぽやぽやした毳《けば》に包まれている。振り返るとふたりの住み家、昭和四十年代終わりに建てられた木造の二軒長屋がある。向かって左に託朗が住み、右に巳衣子が住んでいる。

田んぼと里山のあいだを通るせまい舗装道路を、ふたりは、道ばたにちりばめられた黄色い小花をたどるように歩きはじめる。巳衣子はすっと手をつないでくる。九年前はじめて出会った日、中学生だった巳衣子が自然にそうしたのと同じ所作で。

ひとけのない家が増えた、と託朗は思う。近所の小塚《こづか》さんは冬に亡くなった。今年、筍《たけのこ》や蕗《ふき》を分けてくれる人がいるだろうか。庭の柿や柚子《ゆず》の実は放置されるのだろうか。

五分ほど行くと道の両脇に建物が増えて、塩満《しおみつ》の町の中心部分に着く。といっても簡易郵便局も理髪店も空き家だ。しばらく前まで訪問介護事業所だった建物の駐車場には、もう二十人ほどが集まっていた。託朗が母の故郷である塩満に越してきて日が浅いが、町会がまだ機能しているので、見知らぬ顔はほとんどない。五十七歳の託朗より若いのは巳衣子だけだ。しぜんとできあがる数人ずつの輪の中に、託朗たちはなんとなく混ざり合えず、全員そろうまでいつも所在なく待つことになる。頭数が三十人になったところで、地区社協の役員が手を上げて「じゃあそろそろお参りしましょうか」と言い、軽ワゴンに乗り込む。徐行する軽ワゴンの後を全員がぞろぞろ付いていく。係の人から、ゴーグルと一体になったシリコンゴムのマスクを受け取り、歩きながら着用する。

道は川に沿って海へと続く。この町は小さな漁村だったから、川には船外機の付いたボートが何十隻《せき》と、餃子《ぎょうざ》のように係留されている。大半は大きく破損しているが、かりに無事だったとしてももう動くことはない。

朝の光が斜めに差して、半透明の薄膜が川面をびっしりと覆っているのがくっきりと浮かび上がる。膜は大小の円になっていて、蓮《はす》の葉を並べたようでもあるし、海月《くらげ》が浮いているようでもある。しかしあれは生物ではない。

塩——鹵《しお》だ。

海に近づくにつれて薄膜は厚みを増し、河口ではまっ白になっている。船外機程度では舟を海に推し出せない。突堤《とってい》のある岸壁まで来ると、一同は海を左手に見ながら、さらに進んでいく。ゴム長で踏むコンクリートからはざらざらした粒が感じられる。海面は見渡すかぎり、重くぶあついシャーベット状の鹵――〈鹵氷《ろひょう》〉で覆われている。鹵には波のような起伏があるが、時間が止まったみたいに動かない。起伏のあいまには、何十という漁船の船首や船尾が、垂直に突き出したまま動けなくなっている。何度見てもイギリスのニシンパイだと託朗は思う。

二〇〇九年四月に、このL県の沖で発生した大地震は、地震災害に加えて、日本海沿岸の広い範囲にわたり、空前の規模の「鹵害《ろがい》」を引き起こした。地震による海水の振動が、膨大な鹵氷を生み出し、それが津波で運ばれて海岸線に到達したのだ。

託朗は顔を上げて前方を見る。岸壁が途切れた先では、山が直接海と接していて、その海岸線が大きなカーブを描いていく遥か向こうに、白い巨大なドーム――L県にあるどんな建築より大きな天然の構造物が聳《そび》えている。〈塩《しお》の棺《ひつぎ》〉〈鹵竈《しおがま》〉などさまざまに呼ばれたあと、いまは〈鹽津城《しおつき》〉の呼称が定着していた。

地震直後に押し寄せた鹵津波《しおつなみ》は、L県唯一の原子力発電所を護る防波堤を突き崩し、その残骸ごと構内になだれ込んで甚大な被害をもたらした。いま原発の設備はすべて、コンクリートよりも緊密に集積した数千万トンの鹵に埋もれている。膨大な海砂《うみすな》や瓦礫《がれき》、周辺の山から剝《は》ぎ取った岩石を取り込んだ鹽津城は、内部に複雑な粗密の構造が形成されて、いかなる風雨にもびくともせず聳えている。

その内部で核燃料がどのような状態にあるのかはわからない。周囲のセンサーポストは放射線量や温度の上昇をまったく観測していない。核種の拡散も認められない。鹵の塔はいまも成長を已《や》めていない。託朗の母の故郷、この塩満漁港が面する海は、鹵害が作り出す膨大な鹵によって数々の漁船ともども封鎖され、その代わり、日本は広島、長崎に続く核被害からかろうじて免れている。

軽ワゴンは岸壁の端に駐車した。

そこにコンクリートづくりの小さな鳥居が立っている。松の繁る斜面のわずかな隙間に参道の石段が通っている。ここは志於盈《しおみつ》神社、漁の安全を守る、室町時代に創建された小さな神社だった。

鳥居も石段も霜《しも》のように成長した鹵の結晶で蔽《おお》われている。月に一度、地区の住民が交代でそれを清掃する。それが「鹵落《しおお》とし」だ。頭から足先までを支給品で包んだ氏子《うじこ》たちは、それぞれの用具を手に取りかかる。男たちが、熊手に似せた専用の道具で石段の鹵を掻《か》き落としていく。女たちは箒《ほうき》を使う。石段の下では老人が鹵をネコ車で運び、土嚢袋《どのうぶくろ》に詰めていく。脚立《きゃたつ》を登り、デッキブラシで鳥居をこする者もいる。いちばん若い巳衣子は託朗の手を引いてまっさきに石段を上がり境内《けいだい》に入る。石灯籠《いしどうろう》と拝殿、本殿は、初雪のように薄《うっす》らと鹵を被っていた。あとに続いてきた男たちとともに倉庫の扉を開け、煤払《すすはら》いに使っていた長柄の箒や叩《はた》きを取り出す。

きょうも鹵の量は多くない。託朗は作業を手早く進め、ときおり伸びをして腰を労《いたわ》る。

境内の端から先は急峻《きゅうしゅん》な斜面で木々の合間から海面が見える。斜面の木々には豪雪なみの鹵が積もっていた。志於盈神社の周囲は、この周辺のどこと比べても際立って鹵の量が多い。社殿が潰れそうになったことも一度や二度ではなく、〈鹵落とし〉はその頃から続く活動だが、それがマスコミで紹介されて、一時ネットで話題になった。ここの祭神である事代主神《ことしろぬしのかみ》はみずからを犠牲にして原発事故を鎮《しず》めたのではないか、社殿と漁港を引き換えに、日本の国を守ってくれたのではないか。そんな物語を体現する「志於《しお》ちゃん」という擬人化キャラクターがネットにアップされ、地震と事故がもたらす暗鬱《あんうつ》な気分の中で評判になった。

ローカルテレビでそのニュースを知り、託朗は久しぶりに母の生地《せいち》のことを思い出した。と同時に、仕事を辞めて塩満で暮らすのはどうだろう、と考えた。母は生前、長く誰も住んでいない貸し家を一棟祖父から相続しており、いまそれは一人っ子である託朗の名義になっている。二軒長屋の片方で寝起きし、残りの半分で、なにかかさばる趣味でもすればいいとひらめいた。これという趣味はなかったけれど。

高校卒業後、L県の県庁に事務職として就職したものの、同期と較《くら》べてあきらかに能力が劣ることはずっと託朗を苦しめてきた。風貌にも言動にも人を惹《ひ》き付ける要素がないと自覚していて、それをどうにかする方法も思いつかなかった。県庁所在地に中古マンションを買ったが、その後あちこち転勤させられてろくろく住めていない。私生活で遊ぶ友人はなく、女性にも関心を持てないたちだった。両親はともに教師で、亡くなるまで慎《つつ》ましく暮らしていたから母の没後に相続した財産は、現金だけでも託朗が定年まで勤め上げて得られる退職金に匹敵していた。地震後の激務で不眠に苦しめられていたのも大きな負担だった。マンションを売ってローンを終わらせよう。塩満で最低限の近所付き合いだけして、のんびりやっていけばいい。そう考えて早期退職を決めた。五十歳を過ぎていた。

防災無線のスピーカーが正午のメロディを鳴らした。昼食は摂《と》らないが、それでも十五分の休憩がある。岩壁まで戻りエナジードリンクをもらって、マスクの開口部にストローを通して飲む。

身体を覆うガードには、隙を作ってはいけない。「鹵《しお》の悪魔」を持ち帰ってはならない。科学的根拠も効果もない迷信だが、まわりがそのとおりにしているからなんとなく守っている。

託朗は荷揚場《にあげば》のコンクリートにあぐらをかき、ゴーグルの中で目を閉じ、ちょっとのあいだうとうとして、また立ち上がった。塩の波間に突き出した船首や船尾の位置関係は、朝とはすっかり変わっていた。波の起伏は時計の時針のようにじりじりと動いているからだ。巳衣子は岸壁の端にしゃがみ海面をのぞきこんでいた。おたまじゃくしに見入る幼児のようだった。巳衣子にはいくつもこだわりや独特の行動特性がある。だれもが鹵の拡散を恐れているから、不用意に海に近づく者は気味悪がられる。託朗はもう慣れたが、おそらく自分が先に死ぬのだろうからこの町であまり疎《うと》まれないようにと願ってもいる。そこで妻のとなりにしゃがんで横顔をうかがう。案の定、巳衣子は託朗に気づかず、海面を一心に凝視している。

海面をずっしりと覆う鹵氷の表面には、小さな四角い凹凸がある。タイルを並べたようなそれが不規則に出たり引っ込んだりする。鹵の表面でしばしばみられるこのパターンは、アナログテレビの「砂嵐」ノイズのように、なんの情報も含んでいない。目を閉じて瞼《まぶた》を指で押したときにだけ現れる奇妙な模様のように、たえずゆらいでいる。妻はこうした周期的なパターンに触れると、それで頭がいっぱいになる。ほかに意識が向かなくなる。脳の情報処理にそういうくせがあるのだろうと託朗は自分を納得させている。

託朗は巳衣子の肩をとんとん、と叩く。巳衣子はびくっとし、ようやく託朗に気づいた。ゴーグルの中の、糸のように細い目が照れて笑っているように見える。錯覚かもしれないが、巳衣子がみせる表情めいたものを託朗は愛《いと》しく思う。妻を立ち上がらせるとやっぱり手をつないでくる。そのまま鳥居へ歩く。休憩時間の終わりだった。

Facet 3　メランジュ礁《しょう》（一）

鹵影《しおかげ》ひとつない紺碧《こんぺき》の海原《うなばら》を、白い波を立てて一直線に切り裂いていく艇《ふね》がある。

白い艇は、左手に淡路島《あわじしま》、右に沖ノ島の影を見ながら、紀淡《きたん》海峡を北上していく。五月の強烈な日差しは甲板《かんぱん》に立つふたりの男の膚《はだ》を容赦なく灼《や》くが、ふたりは涼しい顔で逞《たくま》しい肉体を直射にさらしている。いちめんに施されたポリネシア風の文身《タタウ》が、その機能性顔料のはたらきで紫外線や熱による侵害をやわらげている。

髪に白いものが目立ちかけている方は四十代前半の父、ひと回り引き締まって若々しいのははたち前の息子だった。父イハイアの腹部は亀の甲羅《こうら》のように力強く前方に孕《はら》み出している。厚い胸板の上の乳輪にはモントゴメリー腺《せん》の発達が認められる。

父は、息子マナイアの子を身ごもっている。

この時代、成人した男の八割は腹腔《ふくくう》に子宮をそなえている。骨盤の改造や出産用外性器、第二陰茎の形成手術を含む全面的な身体変工を終えた者も七割を超えている。伝統的には男のタタウと女のそれは別ものとするべきだが、父の大きな腹から太腿《ふともも》にかけては、その両者が渾然《こんぜん》となっていて、それは出産可能男性であることの表示だ。妊娠四か月の父はすでに臨月に入っており、あすからは産休に入る。紀伊水道で展開中の浮き流し牧場――海《の》苔《り》を栽培するように筏《いかだ》でイルカ肉を生産する――の点検を終えて、艇は帰投の途上だった。

父と息子の目が前方に見出すのは巨大な島影――この百年ほどで大阪湾に造成された新《しん》島《とう》だ。かつて「沖ノ瀬」と呼ばれた付近を中心として、百以上もの礁《しょう》が、鯖《さば》の背に浮かぶ特有の模様のように、あるいはタタウの紋様のように入り組みながら、湾内全域を埋め尽くすように拡がっている。最高地点の海抜は、かつての大阪市中心部を遥かに超えて二十五メートルにも達し、東側では大阪市の低地を裾野《すその》に取り込み、西は淡路島と繋《つな》がり合って、人口四十五万人、二十二世紀半ばの日本の人口の半分以上を擁する水上居住圏を形成していた。

鹵力《ろりょく》を利用して築き上げられた〈メランジュ礁〉の複合体。

人はそれを、鹽津城《シオツキ》という。

その風景を見る父子の瞳は、海の黒々とした青よりもまだ青い。しかしその虹彩を覗《のぞ》き込めば、内包物《インクルージョン》をたっぷりと含んだ宝石のように、赤やオレンジの微小な点が渦巻いているとわかる。ふたりは〈メランジュの目〉を持つ。虹彩に泛《う》かんでいるのは、その証《あか》しだ。

Facet 2　鹹賊航路《かんぞくこうろ》（一）

〈オフィス・シオツキ〉は、汐留《しおどめ》シオサイトに建つ高層建築の最上階、四十八階と四十九階のフロアすべてを占めている。購入と改造にかかった費用は三十億円とも四十億とも言われるが、結果として安い投資だった。わずか二年の印税とフランチャイズ収入で回収したのだから。前任の佐藤《さとう》からそう聞かされたとき、新任の天野甘音《あまのあまね》は、えらい世界に足を踏み入れたものだと武者震《むしゃぶる》いした。

「あのときのウブなあたしは、どこに行ったのかねえ」

むだに張りのある声ががらんとしたエントランスに響く。しかし聴く者もいない。動いているエレベータは十基中ふたつ。甘音は四十八階のボタンに指をかざす。オフィスは——少なくともスタジオとアトリエの活動は休止状態に入っており、この建物に残っているのは「鹹賊航路《かんぞくこうろ》」の作者統木治人《すめらきはると》本人だけのはずだった。

目的階で扉が開くと、狛犬《こまいぬ》のようなセキュリティ・ロボットが待ちかまえている。赤い光の線が甘音の顔を撫であげた。まず虹彩認証が走るが、あいにく甘音は高校三年のとき両眼を摘出していて、既製品の義眼の虹彩パターンでは認証を通過できない。顔の骨格と両手の静脈を検分され、ようやくアトリエの扉にたどりつく。扉は螺鈿《らでん》を散らした黒漆《くろうるし》で仕上げてあり、前に立つと甘音の黄色い巻き髪、長い睫毛《まつげ》と大きなみどりの瞳、幼児のようにぷっくり愛らしい頰《ほお》がくっきりと映る。〈鹹疾《かんしつ》〉の発作を乗り越え、何十回もの整形を重ねて作り上げた顔が深呼吸する。その呼気で最終の認証を終えた扉が左右に開くと、

「先生、お早うございます！」

持ってきたレジ袋を高く掲げた。シオサイトの最上階二階分が吹き抜けに改修されている。円形のフロアはバスケットボールのコートが二面はとれそうだ。外周をぐるり二百七十度にわたって占める窓。その手前に置かれたオーダーメードの巨大デスクとチェアのバックレスト。

「ただいまの気温は十八度、予想最高気温は二十二度。絶好の旅日和《びより》です」

「あいかわらずテンション高いなあ」

低血圧な声がバックレストの向こうから返ってくる。

「それはもう。いよいよ待望の旅がはじまるんですから」

「車は？」

「お言いつけどおり地下パーキングに」

ゆうべ渡されたキーで、品川にある治人のガレージから車を回してきたところだった。

二〇四一年製の〈ザルツブルク〉。ポルシェ＝テスラのMUV。一輛《りょう》三百九十九万ドル。十年も前のモデルだが、もう世界のどこを探してもこんな車を製造できるメーカーはない。日本に二台あるうちのこの一台は、メーカーから統木治人に贈呈されたものだった。仮に売りに出せば五百万ドルでも買い手が付くだろう。

「さすがに手汗かいちゃいました。ご朝食、買ってきましたよ」

「ここで食べる。持ってきて」

甘音は統木治人に――十五年で六十億部を売り上げた「最後の漫画家」と呼ばれる人物に歩いていく。スカートをふわふわと上下させながら進むにつれて、窓の様相が変化する。ベイエリアのながめがノイズキャンセリングされたように薄れ、入れ替わって高さ十六メートル、幅四十メートル、二百七十度を取り巻く巨大な窓いっぱいをべつの画像が占めていく。それは甘音が入室する前から映っていたものだが、治人の目の位置に合わせた偏光処理がほどこされていたのだった。甘音が治人に近寄るほどに、画像は鮮明さをまし、統木治人の代表作の一場面であることがあきらかになる。

「鹹賊航路」。

〈鹵攻《ろこう》〉という異変で、世界が鹵《しお》に覆われ海という海が固結した世界を舞台に、鹹賊《かんぞく》と呼ばれるアウトローたちがくりひろげる一大冒険絵巻。映っているのは連載第一回のクライマックスの場面だった。

　鹹賊志願の少年カンが、小さな鹹賊団の頭目である年長の少女と、甲板の上で一対一で戦う。ワイドスクリーンとなった窓は、およそ百ものコマに分割され、視界右上から左下に向けて、治人の覇気《はき》のほとばしりに押し流されるように、息つく間もなく読める。〈暗い目のロロ〉と呼ばれる少女は、人為的に小規模な鹵攻を引き起こす能力を体得しており、空中から鹵の剣《つるぎ》を引き抜いて揮《ふる》う。殺意をまき散らすロロと、剽軽《ひょうきん》に逃げ回っては笑い転げるカン。両足を鹵で固められたカンの首が、いまにも刎《は》ねられるというとき、少年もまた超常の能力に覚醒する。

　カンはロロの剣を鹵で出来た花束に変えてしまうのだ。

　一コマ単位でみれば非凡な絵というほどでもない。ところがコマを追って読みはじめると印象が一変する。読み手は、物語と絵があわさって作り出す質感の中に――身体ごと釣《つ》り込まれてしまう。

　治人はデスクの上で軽く手を振った。最後のコマ、ロロの変顔が拡大され窓いっぱいになる。統木治人は――正確にはその片割れである村木百瀬《むらきももせ》は、変顔をにらんでいる。デビュー間もないころの天翔《あまかけ》るような描線を。

「先生、どうぞ」

神聖なコンソールデスクに、レジ袋を無遠慮に置いた。

「スパムおにぎり、カルビ串、コールスロー、塩豆大福」

「ドーナツは？」

「もちろん」

「それはお姉にあげて」

座ったまま言う。お姉《ねえ》とは、合作ペンネーム「統木治人」のもうひとり、村木一瀬《いちせ》のことだった。

はいはい、と動きかけて甘音はそのまま棒立ちになる。窓の画が切り替わったからだ。

「最後の一枚だね」

バックレストをしなわせて、村木百瀬は言う。

「鹹賊航路」の連載中断からもう一年が経《た》つ。二百七十度の巨大湾曲ディスプレイに映っているのはその回の最終ページだった。

主人公カンの鹹賊船団と宿敵ロロのそれが正面衝突しようとするこの一枚絵は、おどろくべき細密さと迫力とで描かれていた。

両側から船団が押し寄せる巨大な展望がまずあり、その中に逆巻《さかま》く鹵波《ろは》の渦がいくつも配されている。渦はひとつひとつが異なる形状と動感を与えられており、それが組み合わさって生じる躍動が見るものを金縛りにする。そこにカートゥーンアニメみたいにユーモラスな大小の船、十五年にわたる連載を生き抜いてきた歴戦のキャラクターが入り混じる。

どこか一箇所へ目を落とせば、渦と渦のつらなりに読者の視線は呑《の》み込まれ、決戦の全景を果てしなくめぐりつづけることになる。

〈函攻〉で滅亡に瀕《ひん》した世界の希望を賭けた、世紀の大決戦の火ぶたが、まさに切られようとする一瞬。

この直後に村木一瀬は視力を失ったのだ。

甘音の前任の佐藤は、「鹹賊航路」の企画段階から連載休止のあとも、ずっと統木治人を担当していた。引き継ぎのとき佐藤は、村木姉弟と最初に会ったときの衝撃を、しみじみと語ってくれた。

姉弟が佐藤に見せたスケッチは、「ヨーロッパのどこかとおぼしき大都市の、大きな川に築かれた城壁のような堰《せき》」の俯瞰図《ふかんず》だった。

「塩と石でできた堰が、みずからの力でテムズ川を遡《さかのぼ》っているところです」

一瀬がそう言い、百瀬はその上に次々とスケッチをかぶせていった。そのたびに堰は遡《そ》上《じょう》し、首都の破壊は広がり、まるで空撮しているように俯瞰図全体が移動していく。そのすべてが鉛筆の素早い描線で殴りつけるように描きとめられていた。

「すごいね、聞いたこともないシチュエーションだ……」

佐藤はめんくらいつつ、いったいどのような世界のお話なのと、聞き出したのだった。

それは衝撃的な世界設定だった。

二〇一一年の東日本大震災は起こらず、二〇〇九年に日本海で大地震が発生している。その世界では海水と塩（そこでは「鹵《しお》」と書かれる）がおのずと分離し、世界中で、無差別に、さまざまな態様で鹵による破壊的な災害――〈鹵攻〉が激化する。ものの数年で世界文明はいったん滅ぼし尽くされる。

その後、二〇五〇年頃になって、鹵氷《ろひょう》と呼ばれるぶあつい鹵の層で覆われた海洋を航行する冒険者たち、特殊能力をわがものとした「鹹賊」が相次いで世に現れる。

いずれも十代の若者たちが、文明崩壊の秘密の解明と、世界のあたらしいモードへの転換の鍵をあらそって戦う世界。鹹賊たちは、世界のみえない場所にいて鹵のふるまいを規定する存在〈鹵の悪魔〉と気脈を通じ、ときには使い魔として飼いならして、少年漫画らしい超常能力を発揮する。

多彩な能力を駆使したバトルと、鹵攻で変貌した世界の謎解きがからみあう、冒険巨編「鹹賊航路」。

初回の打ち合わせの後、一瀬はわずか一週間で単行本十巻に相当する構想を仕上げ、百瀬が次の三日で仕上げた設定図は二百枚に達した。未完成であらけずりだったが担当編集者は読みはじめるや身体が震え出したという。

「鹵に翻弄され破滅する世界」とは空想上の設定、完全な作りごとだけれども、同時に、いま現在の世界のことでもある、と佐藤は思った。佐藤はその前年、まだ若い妻を突発性の鹹疾で失ったばかりだった。

〈函攻〉は海岸線を変え都市を押し潰すほどの巨大災害だが、ミクロのサイズで人体を破壊する正体不明の難病「鹹疾」の蔓延《まんえん》も、同じくらい人類の脅威だった。前ぶれなく人生を破壊するこの病は、世界から希望と活気を奪い、絶望と怒りがまた紛争を引き起こす。人類をじわじわと絞め殺していくこの災厄の中で、佐藤は、この作品が子どもたちに、救いとなぐさめを与えるだろうと直感したのだ。

「できることなら完結まで、僕がお世話したかったんだけど、残念だね」

引き継ぎの会議室で佐藤は笑った。佐藤もまた、鹹疾の後遺症のためまもなく編集部を去ることになっていたのだ。

「一瀬先生、ドーナツですよう」

大アトリエの、窓の反対側の壁沿いにはショッピングモールのキッズスペースのように色鮮やかな区画がある。キューブ型クッションが積まれた向こうの大きなカウチで、村木一瀬はまだパジャマ姿でうとうとしていた。一瀬先生、と呼びかけながらふたつめのレジ袋をぶらさげて歩く。お好きなミール・バーもありますよ、と続けながらもひりひりするような不安が背中をのぼってくる。

「鹹賊航路」の続きは描かれるのか？　描いてもらえるのか？

佐藤の直観は正しかった。天野甘音も、「鹹賊航路」で救われた子どものひとりだ。このまま連載が再開されなければ、子どもたちの心は、鹹疾の恐怖の中に取り残される。

村木一瀬を襲った鹹疾は、両眼とその周囲の組織を破壊した。医師チームは最新の生体素材義眼を移植したが、予後は不良で、その義眼の内部にも鹹疾の芽晶《がしょう》が形成された。再度交換したが、結果は同じだった。

義眼の虹彩には多彩なパーティクルが螺鈿の粒のように舞い、本人の主訴によれば、視界はうす氷を張り詰めたような薄明で塞がれている。一瀬は視力を完全に、永遠に失った。もしくは（一瀬自身の言葉によれば）「鹹疾がもたらす風景を観ている」。灰色のグラデーションが見えている、と一瀬は言うのだ。そのグラデーションは絶えず動き、模様を作り出す。たとえば瞼を閉じて指で押さえたときに、じわじわと浮かび出てくるような模様を。

一瀬本人は「百瀬でなくてよかったね、ボクは頭脳労働だから問題ないし」と笑ってみせた。しかしストーリー担当の一瀬と、作画担当の百瀬のあいだには、他人には推し量れない連結がある。一瀬の感じたものは言葉を重ねなくとも百瀬に伝わる。逆もまたしかりだ。「鹹賊航路」は、ふたごの阿吽《あうん》の呼吸によって作られてきたのだ。

最悪だったのは、相次ぐように、百瀬も鹹疾に倒れたことだ。右下肢の膝下を切断、右の肺にも鹹《しお》の通過影がみとめられた。

一瀬はむしろ弟の鹹疾に衝撃を受けた。

原作の手が止まったのはその直後で、以来、連載は休止され、再開の見通しは立っていない。

カウチの上で、一瀬は仰向けになり右腕を目のあたりに載せたまま、まだ寝ているように見えたが、

「甘音っち？　おはよー」

腕はそのままに、小さい口をあーんと開ける。

「なんだ起きてたんですか」

「ぜんぜん聞こえてたよ」

甘音はミールの封を切り、拍子木《ひょうしぎ》のかたちをしたピンクのバーをその口に差しこんだ。さくっと嚙《か》み切りしゃくしゃく言わせながら、身体を起こしカウチであぐらをかく。ストライプ柄《がら》のパジャマはだぼだぼで、頭をつかんで持ち上げれば瘦《や》せこけた身体がすぽんと引っこ抜けそうだ。

「コーヒー。あとドーナツ」

「きょうは食欲旺盛ですね」

「そりゃね。今日食べないでいつ食べるの」

コーヒーメーカーが豆をグラインドする音を聴き、香りを吸い込む。それが村木一瀬のモーニングルーティンだ。

「さあて俺も食べようっと」

百瀬はレジ袋をがさがさ掻き回す。

「長旅だもんね。甘音ちゃんもしっかり食べといてね」

百瀬はデスクで、甘音と一瀬はカウチに並んで食事を摂ったが、だれも何も話さない。どこかぎこちない雰囲気がある。大事な話題を迂回《うかい》しているからだ、と甘音は思う。

連載再開の準備として一瀬はメモを作ってくれている。思わず当惑するようなその内容について、話し合わなければならない。

皿やフォーク、コップを片づけていると百瀬が甘音ちゃん、と呼んだ。

「クローゼットに荷造りがしてあるから、運び出しをお願い」

ウォークインクローゼットに入り、トランクをふたつ赤帽《レッドハット》ロボのラックに乗せる。そばに置かれた平たいふろしき包みは、大事なものだから手で運んで、と百瀬が言っていたものだ。それを捧げるようにしてクローゼットから出てきた甘音は、百瀬に問う。

「先生、そろそろ教えていただいていいでしょうか。教えていただいた目的地、L県の塩《し》満《みつ》集落はどういう場所なんですか」

「ふるさと。俺たちの漫画の、ふ、る、さ、とだよ」

Facet 1　志於盈の町で（二）

午後二時には土嚢は百袋を超え作業終了となった。全員でぞろぞろと元の集合場所に戻る。男女に分かれ、衣類をすべてランドリーバッグに投げ込み、浴室で汗も軟膏も洗い落とし、新しい衣類一式に着替え、仕出し弁当、烏龍茶《ウーロンちゃ》パックを受け取る。こうした費用は県外の有志が立ち上げた「志於ちゃんファンディング」への篤志《とくし》で賄《まかな》われている。

　ふたりは家に帰り着くと、部屋着に着替え、紙パックのお茶を薬罐《やかん》に移し替えて沸かし、仕出し弁当を平らげた。

　水屋から出した甘納豆を摘《つま》みながらふたりはテレビを観る。——海の水に含まれる塩化ナトリウムの総量はいくらだと思いますか、とキャスターがまじめくさった顔でいう。地球の海水の総量は約十四億立方キロメートルといわれています。これは十四兆トンの十万倍です。一方、海水の塩分量は三パーセント、一トンにつき三十キログラムが含まれているわけですから、十四兆トンには四千二百億トン、その十万倍というわけですね——

　テレビの音量をしぼってＢＧＭのように流しながら、託朗はごろんと横になる。巳衣子がそばにきて正座し、甘納豆をつまんで託朗にひとつくれる。つぎにじぶんがひとつ食べる。それをくりかえす。くたびれているときの甘いものはいいなあ、と託朗はつぶやき、巳衣子はやっぱり表情を変えずにうなずく。

　あけたガラス戸の向こうには、手入れをしたためしのない庭があり、鳥か猫が種を落としていったのか、去年から菜の花が咲く。それをたべに白い蝶《ちょう》がやってくる。

「先生、悪魔のお話してください？」

　甘納豆の手を止めて、巳衣子が言う。何か「おあずけ」のようで託朗はふっと笑う。そうして巳衣子の膝に頭を乗せる。それが話を始める合図だ。巳衣子はまた甘納豆を口に入れてくれる。そしてじぶんもひとつ食べる。ぴったりとじた薄いくちびるのあいだに押し込むようにして。

塩をひとさじ水に入れれば溶けて無色透明になる。しかしその逆は、つまり塩水の中で自然に塩が固まることはない。起こるはずのないその現象が、世界のどこかではじまった。何の変哲もない海水が、ひとりでに真水と塩に分かれていく。世界中で、大規模に、予測不能な形で多発するようになる。気候変動による海水面上昇よりも、はるかに破滅的なかたちで、海に面した土地が被害を受けている。

なかでもロンドンは最悪の状況に置かれていて、テムズ川を一日一メートルずつ遡上する鹵《しお》の「堰」は、タワーブリッジやその基礎を倒壊させただけでなく、護岸や遊歩道、沿岸の建築を突き崩し、取り込み、混和させて、いまや高さ五十メートル、幅七百メートルに達する堅牢なダムとなり、それでもまだ遡上をやめず、都市を破壊しながらじりじりと移動し続けている。その上流は両岸が広範囲に浸水して、死海のような塩湖となっている。

この現象の呼称は、初期の〈鹵害《ろがい》〉から次第に〈鹵攻《ろこう》〉に置き換わっていった。L県の鹽津城《しおつき》を皮切りに世界各地で被害が激烈となっていき、何か途方もない存在、勢立に「攻められている」という実感が定着したからだ。

なぜ海水から塩が逃げ出し、生き物のように活動するのか、まだその仕組みさえわかっていない。「マックスウェルの悪魔《デーモン》」という魔物が引き合いに出されるのはそのためだ。「マックスウェルの悪魔」は、スコットランドの物理学者が、一八〇〇年代後半に考案した思考実験上の存在だ。一様な室温の部屋の中央を仕切り、その仕切りに小さな小さなドアをつけるとする。

このドアの前に、空気分子ひとつひとつの運動を見わける能力を持つ魔物がいる。室温が一定でも、空気分子の運動の速度はすべてが同じではない。魔物は空気分子を観察し、ドアを開け閉めして、活発に動いているもののみをAの区画に、鈍いものはBの区画に通す。繰り返すうちAには動きの速い分子が集まり室温が上昇する。Bは冷えていく。

いまのところ人類は「似たような悪魔が、とつじょ地球にあらわれたのだ」と考えるほかない。海水中に平均的に分布する塩分を濃縮し、結合させ、塩化ナトリウムの結晶を成長させる。極微の統計力学的選択装置が、ナトリウムイオンと塩化物イオンを選り分け、集め、固結させる。

もちろん実際には、海水をどれだけ調べても、そんな「悪魔」は見つからないが、これが思考実験ではなく現実の異常現象として起こっている以上、塩を分離し、運動させ、途方もない構造体を作り上げるエネルギーがどこかからひねり出されていなければならない。原発を塩の棺で封じ、高さ五十メートルの堰をテムズ川に遡上させるほどの膨大なエネルギーが、必ず調達されていなければならない——

ずっと前に新聞かなにかで読み覚えたこの説明を、託朗はゆっくりと語る。何度もくりかえしているので、定型のあいさつ文のようにひとりでに同じことばが口から出ていく。

――氷が溶けるときはまわりから熱をうばう。人が疾走するとき筋肉の中ではATPが分解され、化合物の結合にたくわえたエネルギーを使用する。かりに「塩の悪魔」なるものがこの世にいて、せっせと塩の分子を選り分けているのだとしても、その仕事にみあうエネルギーがどこかから供給されなくてはならない。ひとびとがその謎に関心を抱く最初のきっかけが、L県の原子力発電所事故、その敷地をドームのように覆った〈鹽津城《しおつき》〉だった。

二〇〇九年の日本海大地震の直後に押し寄せた塩シャーベットの津波に、原発の建屋《たてや》はまたたくまに潰された。核燃料の冷却機能が絶望視されたが、奇妙なことに付近では線量の上昇が計測されなかった。温度の異常もなかった。格納容器すら融《と》かすはずの熱はどこへ消えたのだ？

そのエネルギーをだれかが掠《かす》めている。掠めた力が遠くへと運ばれて世界中に鹵害を引き起こしている。原発がその心臓部だ――誕生間もなかった短文投稿SNSで、そのような妄想を語る者がいた。これはさすがに相手にされなかったが、しばらくすると東部太平洋の赤道付近で海水温が一年以上にわたって平年より二・五度も低下したことが判明した。その後あいついで各地の海水温の低下が報告され、極地では氷が信じられない速度で発達していることもわかった。こうなると専門家までもが真顔にならざるを得ない。

太平洋で、インド洋で、黒海で奪われた熱は、世界の裏側に張り巡らされた人間に感知できない網路を通じてべつの場所に運ばれ、そこで鹵害を引き起こす。網路は毛細血管のように世界を一寸刻みのこまかさで覆い、温度を盗んでいく。正気とも思えない議論を専門家が大まじめで語ったが、いくら想像を重ねてもなにひとつ証拠は見つけられず、想像以上のものにはならなかった。けれどもその果てに、ひとの目には見えないネットワークの存在を、人々は想定するようになった。われわれにはどうやっても観測できない網の目が世界中をおおっていて、植物の根が養分を吸収するように、塩とエネルギーを吸い上げて、またべつの予想もつかない場所に結実させる。気ままに起こる鹵害のもとではその偶然に翻弄されるしかなく、人間はただただ無力であり、不可知の網目のすき間にどうにか生き延びる場所を見出すほかない。

海水面の温度変化は大規模な気象の混乱を引き起こし、無差別爆撃のように展開する鹵攻とあいまって、穀倉地帯がつぎつぎ壊滅している。ロンドンを筆頭に都市の放棄も増えていた。その反面、砂漠や乾燥地帯の緑化が進行してもいた。

いつもどおりの定型文を語ってやりながら、託朗はときどき巳衣子の顔をうかがう。表情にはやはり変化がない。目は糸のように細く、口も唇がうすくて水平に引かれた一本の切り込みのようだ。

しかし長いあいだいっしょに暮らすうち、いま、妻が自分の語りを聞いて心地よく感じていることは十分につたわってくる。巳衣子はおそらく内容に関心があるのではなくて、用語の響きや託朗の声、抑揚に心を惹き付けるパターンがあるのだろう。海面の鹵にあらわれるノイズと同じだ。巳衣子が託朗の家にやってきた理由はそれくらいしか思い当たらない。

託朗はつぎに「鯖《さば》の背模様」の話をはじめる。巳衣子は自然科学のトピックを好むからだ。鯖の背中の細胞ひとつひとつに、藍《あい》になれ銀になれと命令するしくみはない。細胞自身もどの色になるかの情報を持っていない。それでも必ず特徴的な模様が生まれる。それはなぜか。だれも決めていないのに、どうやって鯖だけのあの模様が生まれるのか――

背模様の話が終わると、託朗は「メランジュ」の話をする。地質学でメランジュ――メレンゲ――といえば複数の岩石が複雑に入り交じった地質体をさす。プレートテクトニクスにおいて、あるプレートがほかのプレートの下に沈み込んでいくとき、両者がこすれ合い、そこで出自の異なる岩塊が混ざり合い、お互いを取り込み合って生成される。海のプレートと陸のプレートの接点で、深海でつくられたチャートと、浅い地点で堆積する泥岩や砂岩がまざる。そうやって、幾種類もの時間が混ざり合った地質体が造られる――

軒先をかすめる雀の影が畳の上を往復する。モンシロチョウが部屋に紛れ込んできて、蛍光灯の笠《かさ》をひとまわりして、また出ていく。ひととおり話すと、託朗はまた最初にもどって巳衣子がすっかり満足するまでくりかえす。そのうち太陽が傾き、巳衣子の顔に光が陰翳《いんえい》をつくる時刻になると、巳衣子はきょうはじめてはっきりと微笑《ほほえ》む。

笑窪《えくぼ》の深い影があらわれ、線のような口の端が吊り上がり、くちびるが上下に分かれて、そこに異様な歯ならびが――干潮になって姿をあらわす無数の岩のように――じわじわと開帳されていく。門歯も犬歯も、そして臼歯《きゅうし》も、歯の一本一本が並外れて大きいためにひとつとしてまともに歯茎に収まらず、はみ出し、傾き、転び、互いの上に重なり合って、でたらめに打ち込んだ杙《くい》のようだ。岸壁から見た船首や船尾のようだ。すると託朗はもうそこからもう目を離せない。この歯ならびを見るたび、殴りつけられるような、痛みにもひとしい強烈な感情に見舞われる。巳衣子の手がのびて、夫のジャージのパンツの下にもぐり込む。妻の顔が夫の顔にかぶさる。向きのそろわない大粒の歯列がごつごつと当たる。男の拳で嬲《なぶ》られるようだ。妻の歯列は、靴の踵《かかと》のように託朗の鼻、顎、喉をこつこつと打ちながら通過していき、託朗は腹のあたりに妻の舌を感じる。

妻のからだからかすかに消臭剤の匂いがする。それを嗅ぐたび渡津託朗は思い出す。九年前の春を思い出す。中学の制服を着て、スポーツバッグを持ち、島の岸壁で白い乗用車から降りてきた宇萱《うがや》巳衣子の姿を思い出す。

Facet 2　鹹賊航路（二）

天野甘音の身体の「中」には十四本の切り傷がある。

その「傷」はいずれも身体の中で始まり身体の中で終わっている。霧箱《きりばこ》を通過した自然放射線が白い飛跡を残すように、甘音は何度も鹹疾《かんしつ》に貫かれてきた。日帰りの点滴で回復する場合もあれば、数日の入院を要したこともある。いちばんひどかったのは高二の発作で、両眼を失ったのはこのときだ。

鹹疾は、身体の中に塩分濃度の異常に高い、細い線条が形成される症状だ。原因は不明。呼吸器、消化器、循環器、筋肉、中枢神経、どこへでも出現しうる。性別、年齢、環境、生活習慣を問わない。甘音の主治医は、鹹疾を「悪魔の狙撃」と呼んだ。すべての人間は、ひとしく悪魔の射手につけ狙われている。どこを撃たれるか、何発撃たれるかはその時しだいだ。防ぐ手だてはない。脳幹を貫かれた場合や、全身に散弾状に浴びてショック症状を起こした場合は、即死することもある。生涯にわたり人工透析を必要とする場合もある。

だれしも確率的な死につきまとわれて生きている。交通機関の事故、労働災害、感染症、地震や土砂災害。鹹疾はそのひとつに過ぎない。けれども日本国内だけで一年に五百万人が罹《り》患《かん》し、三十万人が死亡する。それを突きつけられて精神の平安を保てる者は少ない。それこそが鹹疾の真の恐ろしさだ。

だからこそ「鹹賊《かんぞく》航路」は、まだ描かれなければならない。天野甘音はそう信じている。

全長五・二五メートル、全幅二メートル、ポルシェ＝テスラの〈ザルツブルク〉の雄大なボディは、地下パーキングの照明を受けてあかがね色に光っていた。

一瀬は助手席を希望した。百瀬はどうにか杖《つえ》歩行で歩いてきて、自力で二列目に乗り込んだ。三列目は折り畳まれ車中泊のための道具や食品が積まれている。

フロントガラスにはナビゲーションのデータが半透明に投映されている。現在地から西方へ、高速道路を利用して八百キロメートル先に、目的地を示すターゲットマークが灯《とも》った。山陰の小さな町。まったく知らない町だった。村木きょうだいの実家は近畿地方にあるはずだ。なぜここが「漫画のふるさと」なのか、きょうだいはまだ語らない。

「お姉、これ」

百瀬がシートの背もたれ越しに大きな、平たいふろしき包みを差し出した。一瀬はそれを膝に、水平に置いた。

「いいよ。出して」

甘音はモーターを始動する。ステアリングに軽く手を触れると車はひとりでに動き出し、地上へ出る斜路に入る。

ナビゲーションの予想到着時刻は十二時間後、甘音は仮眠の時間を入れて十八時間を見込んでいた。この二年、鹹疾は予想をはるかに超える速さで広がり、死亡率も急上昇していた。人手不足で、高速道路も一般道も保守が行き届かなくなっている。通行止めの区間は少なくない。道路情報は車が自動的に取得しているが、甘音は途中で一泊するつもりだった。

本来ならばこんな旅はすべきではない。統木治人は「最後の漫画家」、人類の宝だ。ふたりの体調はとても万全とはいえない。長旅は禁物だ。

しかしこれは統木治人のゆずれない要求、連載を再開するための条件なのだ。

目的地とされたこのポイントにはなにがあるのだろう。甘音は地図を拡大し、航空地図を重ねた。緑の山がじかに海と接している海岸線。小さな漁港、あれは神社の屋根だろうか。やや離れた場所には山の斜面を削って造成した広大な敷地と、堅固な建造物群があった。L県の原子力発電所だ。建設から六十年近く経つはずだが、いまも大きな事故もなく稼働している。

「どうしてここへ行きたいんだろう、って思ってるんでしょ」

車は首都高速道路に乗り入れ、快調に進みはじめていた。ときおり前方を見るだけで、車速も車線も車がコントロールしてくれる。

「それを知りたかったら、これを開けてみてごらん」

固く結ばれたふろしきの結び目を一瀬はほどいていく。

「他人に見せるのは、甘音が最初だよ」

布の色褪《いろあ》せた部分と、結び目の中で色を保っていた部分が絞り染めのように交錯し、経過した時間の長さをうかがわせる。四角い扁平《へんぺい》な中身は、新聞紙で包まれていた。新聞紙。実物を見掛けなくなってどれくらい経つだろう。

「読んでみて」

包みを受け取り、前方に目配せしつつ、甘音は新聞紙に包まれたままの荷物を受けとる。職業柄というべきか、まず発行日をみる。西暦二〇一四年、平成二十六年だ。

そしてそのまま、大きなモノクロームの写真に目が釘付《くぎづ》けになった。

ヘリコプターか、それとも初期のドローンで撮影されたと思われる空撮写真には、テムズ川を遡上する巨大な塩の堰が、くっきりと映っていた。堰の下流側はちょうど堰の幅の分だけ、轢《ひ》きつぶしたような壊滅状態だった。その上流は広範囲に浸水していた。

「鹹賊航路」連載前の打ち合わせで、前任の佐藤が見せてもらったスケッチ——空想上の風景とうりふたつだった。

ただしこちらは現実をありのままに捉えた報道写真だ。

漫画のふるさと。

甘音はあわてて紙名をたしかめた。L県の地方紙だった。

Facet 1　志於盈の町で（三）

L県の沖合い七十キロメートルに二万人が住んでいる。

弓なりになった二島が向かい合う姿は、砕けた指環《ゆびわ》のようだ。

ふたごの島はカルデラの縁だ。五百万年以上前にここで大規模な噴火があり、巨大な島の、山体の中央部が吹き飛んで、その跡に海水が流れ込んだ。穏やかな内海は大小の港を擁していているが、本土との連絡船は中でいちばん大きな港にだけ寄港する。

双胴式水中翼船が接近してくるのを見て、渡津託朗はくわえた煙草《たばこ》を地面に捨て靴底ですり潰した。よく晴れて、水しぶきが白くまぶしい。

二人分の乗船券は買ってあるが、改札はしていない。

ウォータージェット式の高速船は両舷を海面から持ち上げて翼走していたが、やがて機関の回転を落とし船体を着水させてゆっくりと岸壁に近寄ってきた。乗船の仕度を促すアナウンスを聞きながら腕時計を睨《にら》んだりあたりをうかがったりしていると、町役場の建物の向こうから白のトヨタ・コルサが姿を見せた。女性相談員の鶴原《つるはら》が、運転席からこっちを見ている。まわりに気づかれないよう、小さくうなずき返す。託朗はあの車に乗っている女子中学生を、本土の児童相談所の一時保護所へ連れて行くことになっていた。

「託ちゃん、あした本土に帰るんでしょ。ちょっと頼まれてほしいんだが」

その前日、壁の時計が午後五時を指そうというとき、会議室から小走りに出てきたのは上司の小谷《こたに》だった。島に置かれたL県の福祉事務所は十人ほどの小所帯で、事務所の入り口には「児童相談所分室」の看板もかかっている。

「なんですか」

ノートパソコンの電源を落とし、湯のみを洗おうかなと考えていた託朗が尋ね返すと、小谷は両手をぴたりと合わせて拝む姿勢をし、明朝早々、十四歳の女子児童を一名本土に送り届けないといけないが、人がいない、と言った。緊急の案件が複数あって児童福祉司も嘱託《しょくたく》の相談員も島を離れられない。そこで所長が、託朗が有休を申請していたことを思い出したのだ。託朗は金土日と帰って、ひさびさに自宅マンションに風を通すつもりだった。

「出張だから船賃出るよ。このとおり頼みます」

ここ数日、相談課が慌ただしくしているのは知っていた。ネグレクト傾向のある母子世帯の件だ。二人の子のうち弟は以前から本土の児童福祉施設に入所しているが、母親が最近になってまた精神的に不安定になり、近所と揉《も》め事を起こしたり、学校に怒鳴り込んだりしているという。姉の「みいちゃん」は周囲と意思疎通が取りにくい性格の上、耐えがたい異臭を漂わせて登校するため、ひどいいじめにあっていた。自宅はひどく不潔な状態にあり、母に叩かれることや食事抜きにされることもあるのは、母自身も認めたことだった。児相は毎日養護教諭と連絡を取っていた。どうにか面談に漕《こ》ぎ着けると、母はじぶんの過労や頭痛、子どもの育てにくさをめんめんとまくしたてた。鶴原がその機を逃さず「まずお母さんが体を休めないと」と切り出したところ、意外にもすんなり一時保護を承知したというのだ。

「あの家はちょっと深呼吸が必要で、このチャンスをのがせないのよ。おかあさんまた気が変わるかもしれないいし。鶴原さん『あの家を徹底的に綺麗《きれい》にするから』って腕まくりしてるし」

到着地の港には本土の児相が迎えに来る。高速船はフェリーと違って自由に歩き回れないから見失う心配もない。断る口実が思いつかず、大して抵抗も感じず、託朗は了解した。

おんぼろのコルサをタクシー乗り場のそばに止めて、鶴原が運転席からおりてきた。小さな車の後ろの席から、宇萱親子が降りてきた。母親の着たトレーナーはネックがよれていて、髪もブラシが通っていない印象だった。無言ですたすた近づいてきたので身構えたが、きちんとお辞儀をして今日は娘がお世話になります、と挨拶した。

「ほら、あんたも」

制服姿の少女は、大きなスポーツバッグを身体の前にさげたまま、まわりと切り離されてでもいるように反応しない。

「ほら、こっち、先生にお辞儀して」

母親が制服の襟《えり》をつまんで、ぐいっと引いた。いかにも乱暴で託朗は自分の耳を引っ張られたように顔をしかめる。

「うちの巳衣子です」

すると少女は勢いよく、身体が直角になるまで頭を下げた。携帯電話をぱたんとたたむような動作が極端に感じられて、託朗はめんくらう。

「渡津先生、みいちゃん大人しいからだいじょうぶよ」

「先生って、そんなよしてくださいよ」

「いいからいいから、この三人じゃ渡津先生で通ってるの。みいちゃん、先生から離れちゃだめよ」

宇萱巳衣子はこくんとうなずくと、託朗の真横に来てすっと手をつないだ。託朗の手の中になめらかにすべりこむように入ってきて手のひらと手のひらがぴたりと吸い付いた。

巳衣子の制服は清潔でプレスがよく効いていた。あとで聞いたことだが、この春の卒業生のお古を譲り受け、鶴原さんがクリーニングに出していたのだという。下着は一週間分新品を買って与えたのだそうだ。親子は昨夜鶴原家に一泊し、風呂に入ってもいる。かすかに消臭剤の匂いがした。

少女の小さな手は託朗の手を把持《はじ》している。表情はない。緊張しているのか、安全を任せるつもりなのか、身体を託朗へ寄せている。

「そろそろ行きます」

「頼むわね」

託朗は乗船口の行列にならんだ。とにかくこの子を見失ってはならない。座席に着けば手を放せるから、それまでは親子に見えてくれと祈るしかない。巳衣子の顔色をうかがっても表情が読みとれない。考えてみればまだ言葉も交わしていない。乗船口で切符にスタンプを押してもらい、乗り込もうとするとき、話の糸口をさがして託朗は言った。

「高速船は乗ったことある?」

少女はううん、と首を振った。

「フェリーなら。小学校の修学旅行のときに」

高速船の船室は二階建てになっている。一階はもう満員に近かった。

「せっかくだから上にあがろうか」

最後方の列の端が空いていたのでそこに腰を下ろした。少女のシートベルトを締めてやると、さすがにほっとした。

「修学旅行かあ。どこへ行ったの」

「紙漉《かみす》きをしました。卒業証書の」

ふつうなら目的地の名前が出てくるところだがな、と託朗は思った。相談室に引っぱり込まれて小谷たちからいろいろ聞いたが、巳衣子に知的障害はなく、いくつかの検査項目では平均より上だった。

「紙漉き楽しかった?」

返事はなかった。言葉に詰まったわけでもなく、質問をうるさがっているのでもなく、なんだかいったんつながったラジオがまた聴こえなくなったような感覚だった。巳衣子は膝の上の大きなスポーツバッグをなでた。島のスーパーにぶら下がっている、聞いたこともないブランドの安物だった。修学旅行のために買ってもらったものかもしれない。大切なものかもしれない、と託朗は想像した。

「高速船はフェリーよりずっと速いよ。一時間くらいで着くからね」

すると、

「先生、なにかお話してくださいますか」

顔を前へ向けたまま、巳衣子が言った。また回線がつながったのだろうか。

託朗は困った。周囲には町の人々も乗っている。巳衣子や託朗の立場を想像できる話題は禁物だ。子どもが喜ぶテレビはなんだろう、いや、巳衣子がテレビを好むかもわからない。どちらにしても話が弾むはずもない。このシチュエーションから、できるだけかけ離れた、なにか浮世離れした話題がいいだろう。生物や地学を託朗は好んでいた。それならそらで話せる。休日に島の図書館で読んだ、科学の話をしよう。

高速船が動き出す。内海を出ると、機関部の音が急激に高まり、加速と浮上を感じる。到着まで一時間。天気は上々で、波高《はこう》も一メートルしかない。だからこの時は、時刻表どおりの短い旅となることを疑いもしなかった。

Facet 3　メランジュ礁（二）

地球温暖化がもたらす海面上昇は、海抜ゼロ地域を抱える国々にとって深刻な問題だった。たとえば二〇一一年、人口の二割が海抜ゼロメートル以下の地域に集中するオランダの政府は「サンド・モーター」もしくは「サンド・エンジン」と呼ばれるプロジェクトに着手した。

黒海から浚渫《しゅんせつ》した八億立方フィートの砂をつかって、まず沖合一キロメートルの地点に人口の半島を形成する。これが沿岸の海流を変化させ、半島と海岸の間に砂が堆積していく。最初の引き金は人が引くが、あとは環境の総合力が一種のモーター、エンジンとなって、自然に土地が作られていく。海岸線の侵食をふせぎ、海面上昇への備えとなる。

大阪湾を埋め尽くす〈メランジュ礁〉の集合体は、オランダのサンド・モーターのはるかな後裔《こうえい》と言えなくもない。鹽津《シオツ》城《キ》は、人間が鹵攻《ろこう》の暴力的な力と辛抱強くつきあい、ようよう手なずけ、その力を使いこなすことによって創り上げた地形だ。

一時は無人の地となっていた沿岸一帯にも人が戻っていて、この環境に適合した生活様式ができあがりつつある。住居が建ちならぶ礁、イネ科の植物が栽培される礁、沖合いから収穫された栽培肉を加工する食品工場の礁、商店と倉庫の礁。鹵害《ろがい》の特徴——塩と水がおのずから分離される——は、住人や田畑に無尽蔵の真水を供してくれる。塩で締め固めた土砂は四角く切り出されて建材となる。礁と礁の細長く錯綜《さくそう》した水路は清冽《せいれつ》な真水で満たされ、平底の舟や筏《いかだ》が行き来し、人と物資を運ぶ。

鹽津《シオツ》城《キ》は水のみやこだった。指紋のように入り組んだ水路、海抜二十五メートルの山頂と広大な裾野を擁する日本の首都だった。

六月。マナイアは産院の廊下で父の出産を待っている。ちいさなベンチにすわって両手を握り合わせている。手の甲のタタウはかれの名の由来ともなった想像上の獣を紋様化したものだが、落ち着かなく手を動かすたびに、蛇のような紋様が身をよじる。その動きに、マナイアは無痛分娩《ぶんべん》の産道をくぐりぬけつつあるわが子のことを思う。

父イハイアを妊娠させたのはマナイアだが、それはイハイアの懇請《こんせい》――というより命令によるものだ。イハイアはかつて従姉妹《いとこ》のハナを妻にし異性間で息子マナイアをなした。けれどもハナは出産直後に死に、イハイアの実子はマナイアしかいない。そしてイハイアは近親婚により自身が妊娠することを強く望んでいた。

母の死があまりに早かったため、父の男性コミュニティで養育されたマナイアは、十二歳で精通を迎えたあとは年長の男性とセックスをしており、これが初めての子ではない。しかし近親婚が禁忌でないとはいえ、父に子を産ませることには特別の思いがある。

産院の廊下には鹽津城《シオツキ》の男性コミュニティの面々も集まっている。男たちはマナイアに代わる代わる声を掛けてくる。男性特有の紐帯《ちゅうたい》でお互いを称え、自尊心を高め合い、同質性を確固たるものにする。新生児の四割を男が産む時代にあっても、息子が父に妊《みご》もらせることはまれだ。鹽津城《シオツキ》の男の平均寿命は五十歳であり、イハイアは超高齢出産であるうえにこれが初産《ういざん》だ。イハイアは生命の危険を冒し英雄的な出産に臨んでいるのだ。声援を送らない男はいない。

しかしこの男たちにじぶんの気持ちはわからないだろうとマナイアはひそかに思う。父に妊らせる行為の間じゅう――ふだんは陰嚢《いんのう》の中に蝶の吻《ふん》のように丸めて収納される、長さ二十五センチ、直径二ミリのペニスを父の受精用外性器に差し入れている間じゅう、マナイアはむしろ「父に犯されている」と感じていた。男性間の交接に最低限必要な三十分近い時間を、父は寝室の音楽装置で長大な交響曲の緩徐楽章《かんじょがくしょう》を流して埋めた。滔々《とうとう》と無時間的にひろがる音楽にあわせて、巌《いわお》のような父の背と尻がうねり、タタウはへびの体紋さながらにのたうつ。父の鯨面《げいめん》には喜悦が浮かんでいたか？　恍惚《こうこつ》としたか？　そうは見えなかった。マナイアは父と私的で親密な時間を過ごしたいと希《ねが》っていたが、父は、閨房《けいぼう》にあっても社会的な役割を果たそうとしているのだ。

「目だ」

配偶行為の前に父は言った。目を遺さなければならない。俺とお前が持つ目、海の青の中に赤や黄の点を含んだ〈メランジュの目〉、鹽津城《シオツキ》の中でも百人といないこの目を遺さなければならない。鹵《しお》の律動を読み取れるこの奇蹟《きせき》の目をもつ子を遺さなければならない。鹽津城《シオツキ》を堅く守る者を遺さなければならない。いつかこの希少な目をだれもが持てるようになる日まで、このともしびが消えないように、灯芯《とうしん》から灯芯へ移しかえていかなければならないのだ、と。父は社会的な役割を果たすため、マナイアの遺伝子を欲し、みずからを産む機械と定めたのだ。

Facet 2　鹹賊航路（三）

「俺たちって親の顔知らないんだよね」

後部座席で百瀬が身の上話をはじめた。

乳児期に親が行方をくらましたとき、行政はただのひとりも親族を探し当てることができなかった。乳児院に入所したとき、ふたりの私物はわずかな衣服とおもちゃ、そして平たいふろしき包みだけだった。母親は失踪する直前、役場の保健師に電話を寄越した。子どもたちのことをよろしくお願いします。血相を変えて駆けつけた保健師は、せまい三畳間にならんだベビーベッド（それは保健師が手配してやったものだ）の中で無事ふたりを発見し、安堵《あんど》でへなへなと座り込んだ。一瀬のベッドの中に、絵が置かれていることに気づいたのは、そのあとだった。

幼児期に里親委託され、中学の時にようやく母親の親族と連絡が取れ、その里親との養子縁組が成立した。いまの姓は養親のものだ。託された絵は常にふたりとともにあったけれど、油紙と新聞紙にくるまれ、ふろしきで固く包まれており、だれも開けた者はいなかった。保健師は「大人になったときふたりだけで見るようにしてあげて」と、児相職員に母親の言葉を伝えていた。

十五歳になった日の早朝。養親がまだ眠りこけている時間に姉弟はふたりだけで包みを解いた。新聞紙を読み、そして「絵」を目《ま》の当たりにした。

それははじめて聞く村木きょうだいの生い立ちだった。聞き終えたあと、一瀬は甘音に「新聞紙の中も見てほしいな」と言った。

そこで、甘音は車を富士山のみえるサービスエリアに停めた。

いま甘音は、十五歳のふたごがふれて以来、はじめて新聞紙を外していく。

ロンドンの惨状の次に甘音の目を捉えたのは、海辺に聳える、鶏卵を立てたような背の高いドームをとらえたカラーの望遠写真だった。

朝焼けを浴びてピンク色を帯びた白いドームと凪《なぎ》の海面だけのシンプルな構図は、レンズの効果でフラットに圧縮され非現実的な美を湛《たた》えている。しかしその下のキャプションは写真をはるかに凌《しの》ぐ衝撃で甘音を殴りつけた。

「鹽津城《しおつき》……」

〝シオツキ〟は統木治人のオフィスの名だが、甘音はその由来を知らなかった。この新聞で、その名は、原発の廃墟をつつみこんで成長する塩の構造物に当てられている。そんな事実はない。L県の原発は二〇二〇年代半ばには再稼働を果たして順調に発電しているのだ。甘音はかぶりを振りつつ何度もその写真を見る。この新聞は陰謀論カルトの社内報か？　しかし地方紙ならではの記事や広告には地に足のついた真実味がある。これはまちがいなく「本物」だ。

紙面は「鹵害《ろがい》」の文字だらけだ。それに混じって〈鹵攻《ろこう》〉の言葉もちらほらと見つけられる。

鹹賊《かんぞく》たちこそいないけれども、これは統木治人の漫画の世界そのものだ。

天野甘音は動揺を押し殺し、震える手で新聞をたたんだ。いま見たものを性急に消化したり、推理したりしてはいけない。箱の中身を見なければ。新聞紙の下の油紙を取り去ると、そこには色紙《しきし》がちょうど収まるサイズの、しっかりした紙函《かみばこ》がある。慎重に函の蓋《ふた》を取る。色紙額の中に収まっているのは、まっしろな「作品」だった。

カンヴァスでも紙でもない。砂糖菓子の落雁《らくがん》、あるいは白縮緬《しろちりめん》の生地《きじ》を木枠の中ぴったりにはめ込んだように思えたが、まじまじと見つめて、ようやくそれが塩そのものなのだと気づいた。色紙額の中に塩が平らに敷き詰めてあるのだ。

塩の表面は、動いている。

「作品」の表面は、一センチ角の方眼状に区画されていて、前後左右に整列した小さな四角が、別々に出たり引っ込んだりしている。その高さの変化、凹凸のつらなりが波のような模様となって現れては消え、また浮かび上がる。瞼を閉じて指で押さえたときに、浮かび上がる模様の遷移《せんい》のようだった。

水平に置かれていた額を甘音は、ゆっくりと立てていった。覆いのガラスは嵌《は》まっていない。しかし額を斜めにしても垂直にしても、塩はひとつぶも流れ落ちない。垂直に立て膝の上でとんとんとゆすっても、両手でつかみ強く揺さぶっても、機械式の掛け時計が秒針を刻むように整然と模様を変化させている。

甘音は手のひらを塩の表面にぎゅっと押し当てた。そのままひとつかみ、塩を抜き取る。手の中で塩がトクトクと脈打っている。耐えられず指をひらくと、塩つぶは空中をさらさらと渡って、絵に戻っていった。甘音の手は、たしかに塩以外のものには触れなかった。

この中に特別な仕掛けや構造はない。信じられないことだが、この絵の——それにしてもこれは「絵」なのだろうか——塩は、常識を超えたふるまいをしている。

じぶんは、この絵になんら影響を与えられない。この絵は自律的にふるまうと、思い知らされた気がした。

甘音は、なにか打ちのめされた気分で、色紙額を元どおり水平に横たえた。車を始動させ、サービスエリアを後にした。

名阪国道の終わり近くまで、三人は静かだった。

甘音はずっと黙りこんでいる。ふたごは、甘音が衝撃を呑《の》み込むのに時間がかかることをよくわかっている。自動運転で運ばれる車の中は、そのための居場所として悪くなかった。

見たこともない「現実」を満載した古新聞。既知の物理法則が及ばない塩。それらが意味するところは明らかだが、すんなり認めることはむずかしい。

ときおり思い出したように百瀬が口を開く。ひとりごとのように、あるいは本の文章を読み上げるような淡々とした口調で、甘音に説明を試みている。

——研究者やコレクターが「鹽絵《しおえ》」と呼ぶ一連の作品は、どのような技術でつくられたかも、いつだれが「描いた」かもわからない。かつては百点以上の存在が確認されていたものの、そのすべては日本のとある画廊から売られていったものだ。ただしすでに廃業していて、当時の記録は残っていない。

絵に使われた塩の不純物は一定の傾向を示している。限られた地域で少数の作者が制作したのだろう。ひとつの工房、もしかしたらたったひとりの作者かもしれない。

絵は世界各地の代理人を通じて、限られたコレクターに売られていったが、長くその存在じたい——秘密にされてはいなかったが——知られることはなかった。

動力がないのに動き続ける塩、外部環境と物理法則を無視して額縁の中に留まり続ける塩。

難しく考える必要はない。鹽絵はこの世のものではないのだと認めればよい。なにかの魔法が起きて、この世界の外、塩が都市を破壊し、原発を包み込む別世界から紛れ込んできたものなのだと考えればよい——そう、百瀬は言った。

「なぜそんなことを知ってるかっていうと——」百瀬は大儀そうにいう。「買い占めちゃおうかなって思ったことがあってね。けっこう本気で。オークションに出ることはまずないけど、集めている人間はわかるしコネクションもある。使える伝手《つて》はぜんぶ使って真剣に探したよ。ほかにも同じような絵があるなら、俺たちの絵もまぼろしなんかじゃないってことになるよね。あの絵がまぼろしなら、俺たちもまぼろしだよ。それは困る」

しかし、東南アジアのコレクターから二十点あまりを譲り受ける話がまとまったとたん、その絵は消えた。

絵は超富裕層向けの秘密の美術倉庫に保管されていた。マシンガンを抱えたガードマンが数トンもある金属扉の前で立っているような保管庫の中で、絵は忽然《こつぜん》と消えたのだ。監視カメラには専用ラックにならべられた額縁の側面が映り続けていた。無数のセンサも侵入者を認識しなかった。

その日の午前零時ちょうど、室内の総重量がいきなり三十キログラム減少した。警報が鳴りスタッフが総点検をすると、鹽絵だけが額ごと消失していた。塩が散乱した形跡はなかった。

一年後、別のコレクターと話を進めたとき、またしても同様の事象が起こった。その報を聞いて百瀬はひとつの確信を得た。

「たぶん、鹽絵はつぎつぎに消えていくんだろう、と思った。もちろん俺のせいだ。俺がそんなことをしなければよかったんだ。でも俺が買うのをやめても、これは収まらない」

甘音はまだだまっている。車は阪神高速湾岸線を走り、正蓮寺川《しょうれんじがわ》を越え、淀川《よどがわ》の上を渡っていく。左手には大阪湾に臨む河口が大きく開けていて、やみわだが陸地のきらめく光に縁どられている。一瀬は助手席の窓に額と手をあてて、海の方角にひろがっている闇へ眼差しを向けている。

「メランジュ礁、見える？」

甘音はぎくっとしたが、一瀬は平気な顔だった。

「いや、見えるわけもないが？」

「そう。そんな一所懸命だから、未来の大阪湾が見えたのかなって」

「見ようとはしてるよ」

百瀬は皮肉や冗談で言ったわけではない。一瀬は、視力はなくてもものが見えないわけではないからだ。

Facet 1　志於盈の町で（四）

高速船の二階席で託朗が思い浮かんだまま話したのは、メランジュの話であり、そして鯖《さば》の背模様の話だった。

鯖の細胞の模様を決める「情報」はどこにもない。細胞自体がもつ化学的性質とその相互作用で、パターンは自発的に生まれる。

アラン・チューリングは、一九五二年に反応拡散方程式のアイディアを発表した。ふたつの化学物質を想定し、それが互いの合成をコントロールしあうとき、つまり促進したり邪魔したりするとき、その物質の濃度差が波のようにひろがってそこにおのずと濃い部分と薄い部分の繰り返し、つまり模様を織りなすと予言した。化学物質の性質を変えてシミュレーションしてみると、キリンやシマウマ、ヒョウなどのパターンが現れる。そしてそれは体表の模様にとどまる話ではない。論文のタイトルは『形態形成の化学的基礎』だった。人間は、ちっぽけな胚《はい》から、こんなにも複雑な身体になっていく。生きものの中に発現するさまざまな「かたち」は、遺伝子になにもかも書き込んであるわけではなくて、物質自体がもつ化学的な性質、物理的な性質といっしょになって、あるいはそれらを利用して造り上げていく……

託朗は、巳衣子の方を見ないようにして、小さな声でつぶやき続けた。巳衣子はよく聴き取ろうとするためか、託朗の方に首を傾け、じっと聴いている。親密さの表現とは感じられない。内容に興味を抱いているわけでもない。せせらぎに手を浸すと心地よいが水の流れに一々意味を読みとる者はいない。託朗は、語りが前のめりにならないよう注意して、淡々とつぶやきを連ねていった。

出港から三十分後、船体にどすんと衝撃が伝わり、一瞬突き上げられる浮遊感があって、そのあと左右方向に揺さぶられた。

客席から悲鳴や驚きの声が上がる。ジェットフォイルの出力が消え、浮上していた船体は、正座するようにしずかに着水する。停船したのだった。船内のざわめきが大きくなる。

巳衣子は託朗を見た。

「鯨《くじら》かな。去年も二、三度衝突があったんだ」

すぐに船長のアナウンスが流れた。海棲哺乳類《かいせいほにゅうるい》との衝突が疑われるため、席を立たずそのまま待つように。そう呼び掛けている。

巳衣子の手がぱちりとシートベルトをはずした。座席からするりと抜け、ひょいと身をくねらせただけでもう通路に出ていた。託朗がベルトに手間どっている間に、巳衣子は舷《げん》窓《そう》に駆け寄り、両手と額をあてて海へ眼差しを投げている。席を離れるものが増え、託朗は他の乗客を押しのけなければ巳衣子の背後にたどり着けなかった。

「宇萱さん、席にもどろう」

「いえ、先生」

巳衣子はガラスに吸い付いたように動かない。「いえ先生、ここがいいです。私はここがいい」

人の目がある。むりやり窓から引き剝がすわけにもいかない。せめて見失わないよう両肩にそっと手を置くと、巳衣子の頭越しに船外が見える。二階席から海が見晴らせる。

託朗は目を疑った。ふだんならば黒いくらいに青い海面が、凍りかけていた。冬の川面《かわも》が霙《みぞれ》をたっぷり飲まされて凍《しば》れていくさまに似ていた。外海では見るはずのないながめだった。しかしそれよりも驚いたのは、その異変がみるみる広がっていくことだった。結氷などではない。なら何だ？　窓際の客はもう総立ちになる。ふたたび船体が大きく揺すられる感覚があり、船体の下にいた大きなものが、力なくただよい出てきた。体長八メートルはありそうな大きな動物、船長が言ったとおりそれは鯨、おそらくはミンククジラだった。鯨は死んでいた。全身を樟脳《しょうのう》のような白濁物にびっしり覆われていて、それが死因だと一目でわかった。死んだのは昨日今日ではないようにも思われた。

「ああ、塩か」

そのときまで鹵害《ろがい》のことが思い浮かばなかったのは、無理もないことだった。日本の領海で鹵害が最初に出現したのはこの年の新年のことで、ほとんどは海岸の岩場などで確認されていた。せいぜい「波の華を思わせる不思議な現象」くらいに扱われていた。海外でもまだヴェネツィアの上水道が停止に追い込まれたことが報じられた程度でしかなかった。これはまだ鹵害が本格化する前の出来事なのだった。

塩、塩か、塩ですって、氷じゃない、そうか塩か——託朗の声が伝染したようにひろがっていく。

巳衣子はまわりの動揺に反応せず、じっと海を見ている——だれもが見ている鯨ではなく、海面を見ている。鯨の死骸に取りついた塩はひたひたと周囲にひろがっていくが、その一面に、とくに海水と接するふちの部分にちいさな模様がさかんにわき立っている。目をとじて瞼《まぶた》を指で押さえたときにだけ出現する模様に似ている。塩——鹵《しお》の凹凸は現代美術の実験的なレリーフのように不断に変化し、その変化が海水との境界線をしずかに押し広げ、円盤型に拡大し、南の海の礁《リーフ》みたいにみえてくる。

その一部始終をひとつも見のがすまいと思い決めているように、巳衣子はアルミの窓枠をぎゅっと握りしめて視線を動かさない。テレビのはげしい明滅で引き起こされる発作のことを託朗は一瞬考えたが、巳衣子の横顔にうかぶのは陶酔でも眩暈《めまい》でもなく、深い覚醒だと感じられた。冷静な観察眼と、起こっていることをありのままに受け入れる知性と、そこから何かの文字を読みだそうとする熱心さがあった。

巳衣子は託朗とは回線が切れている。しかし鹵とはなにかがつながっている。なぜかそれが不当なことに感じられ、託朗は手を巳衣子の肩から離す。四、五歩下がってみると巳衣子の後ろ姿は、渓谷の中の大きな岩や、その上に止まる白い大きな鳥と同類、自然の一部のようだった。

結局、高速船は着水した状態で航行を再開し、予定時刻を二時間半遅れはしたものの、無事目的地に入港した。

鯨のまわりの鹵が衝撃を緩めたためか船体の損傷はなく、海面の鹵は霙のように柔らかだったから船はすぐにその圏外へ出られた。巳衣子は常態の海には関心がなく、席にもどって、託朗と手をつないできた。託朗は海面のことを考えていた。海。海があること。そのことがどうにも奇妙に思えた。この惑星の表面の七割が、液相の水にふかく沈められている。その海というかたち自体が異常な、見るものを当惑させるもののように思えた。ほんの数分間、塩に冒された海を見ただけで、物事の見え方が微妙に歪《ゆが》められたような気がした。

高速船が岸壁に迫ると、乗員が船べりを慌ただしく歩き回り、陸からタラップが架けられる。遅延を謝罪する船長のアナウンスが流れる中、乗客たちは安堵とちょっとした高揚感とともに降船の列にならぶ。

児相の車が船の近くまで来て、待機していた。顔見知りの男女に簡単に報告し、宇萱巳

衣子を引き渡した。ターミナルの駐車場にはじぶんの軽自動車を停めっぱなしにしてある。一礼してそちらへ歩き出したとき、

「先生」

声に振り向くと、二つ折りにした背中が見えた。ひょいと上半身を立てた巳衣子の顔は、たしかに託朗を見ていた。

深く覚醒した目は託朗に焦点を当てていた。

「先生、ありがとうございました。私を連れてきてくださって」

ほっそりした声のあと、はじめて宇萱巳衣子は笑い顔を見せた。

うすい唇が切れ込みのように左右にひろがり、それが上下に離れて、顔にはそぐわない大きさの歯が、乱雑に打たれた杙のようにぎっしり立ち並ぶ。

託朗は顔をそむけもせず、魅了もされず、ただ立ちつくした。予期せぬ「自然」そのものがぬっと露頭している場所に出くわしたみたいだった。登山道をふさぐ巨大な落石に途方に暮れるような気分だった。ここからはじぶんは前に進めない――理由のない確信が立ち上がった。おそらく巳衣子は、弟がそうであるように養護施設への入所が決まるだろう。二度と会うことはない。けれどもこの歯は動かしようのない岩となって居すわり続けるのだ。

その翌々年、二〇〇九年に日本海沖大地震が発生した。

地質学でメランジュといえば複数の岩石が複雑に入り交じった地質体をさす。しかし大阪湾の〈メランジュ礁〉群は、それとはまた別の趣旨で命名されたものだった。鹵攻《ろこう》と気候変動の激化で、日本列島だけでなく環太平洋の島国はつぎつぎと壊滅状態に追いやられた。避難民を乗せた各国の船は、目的地も定められないまま母国を出港し、衛星観測とＡＩ予測をたよりに行き先をさがした。多くの避難船が候補地として南海トラフの向こう側を選んだ。

これには理由がある。避難船に乗り込んだ専門家らは、南海トラフ地震予測のため二〇五〇年代に構築された測地システムのデータに注目していた。プレート沈み込みにともなって発生する「ひずみ」のエネルギーが「盗まれている」。なのに、それに見合うエネルギーがべつの場所で（たとえば鹵攻となって）放出されている気配もない。ではその力はどこへ行っているのか。

専門家の報告を聞いた避難船のリーダーたちは、東京崩壊後、淡路島に臨時政府が立ち上がっていることと関係があると推測した。そこでなにかが起ころうとしている、と。

避難船は合流して大規模な船団となり、民主的手続きで疑似的な政府を樹立して、日本政府に対し避難民の受け入れを要請した。まったく意外なことに日本政府はそれを二つ返事で受け入れた。船団の指導者は、入港後、淡路島政府の要人たちと引き合わされて、日本政府構成員の半数以上が、中国、台湾、統合朝鮮、タイ、ベトナムなどの非日本人であることを知った。

これが「メランジュ」の由来だ。

プレートの接触面でメランジュという地質体が形成されるように、ここは大陸と大洋の血と知がまざりあう場なのだと聞かされ、マレー人の風貌を持つ政府首脳から、鹽津城《シオツキ》の建造計画を告げられる。

プレートひずみのエネルギーを原動力とし、鹵攻のメカニズムを使って、海上に鹵力《ろりょく》で新たな国土を建設する計画を。


イハイアは常に厳格で力強く、隙を見せない男だった。しかしたった一度、珍しく深酔いしたときに幼いマナイアに弱音をはいたことがある。父は母を死なせたことを深く悔いていた。じぶんが妊娠するべきだったのだ、と目を赤くして言った。イハイアが強く妊娠を望んだのは、その無念を晴らすためでもあるのだろう。

鹵《しお》に侵された過酷な世界では、男も女も、妊娠させる力と妊娠する力の両方をそなえなければ、人口を維持できない。妊孕《にんよう》と性別を切り離した社会でも、配偶行動への欲望を保つためには、人の性的アイデンティティはまだ温存する必要があった。

私的生活の領域において男と女を分け、それぞれが別のコミュニティで過ごすのはこのためだ。

いま産院の廊下でガヤガヤと話しあう男たちの顔には、「落成式にあつまった工事関係者」のような同質の晴れがましさ、業績の達成を歓迎する気分で一色に塗りつぶされている。

マナイアはふと、女たちの産院の空気はどのようなものだろうか、と想像する。女のほうが出産や育児に長《た》けている、などといまどき大っぴらに口にする者はいないが、マナイアはそれでもやはり女に一日《いちじつ》の長《ちょう》があるという偏見を払拭できない。男に孕《はら》まされる男よりも、女を妊娠させる女の方が自然に、屈託なくふるまえるのではないだろうか。と、そこまで考えて、屈託のあるのはじぶんだ、とマナイアは自嘲する。マナイアは父が好きだった。その好意は肉親への情愛というよりは、性愛の対象としてのものだ。逞しく厳格なマナイアの背中を見るにつけ、それを思うがままにうねらせたいとひそかに欲望していた。しかし父は緩徐楽章の、冷えびえと研ぎ澄まされた音響で、マナイアの情愛をフィルタした。この配偶行動においてマナイアの感情は何重にも無意味化された。おそろしく不当な仕打ちだという思いが、いまもマナイアの中でくすぶっている。

やがてマナイアははっと顔を上げる。

産声《うぶごえ》が聞こえた。男たちはサッカーゴールを決めたチームメイトを賞賛するように躍り上がってハイタッチをし、次から次へとマナイアに握手を求める。

〈メランジュの目〉を持つ者がまたひとりこの世に増えるのだ。

卤の声を読むことができる者、卤からエネルギーを取り出すすべを知るもの。

鹹賊の末裔。

産室のドアが小さく開き看護師の顔が半分覗いた。その目が緊張感とともにすばやく廊下を見渡し、マナイアを探し当てるとぴたりと動かなくなった。

マナイアは卒然として悟る。

イハイアの身に何かが起こったのだ。

Facet 1　志於盈の町で（五）

次に会ったのは七年後だった。

退職直前の三月、渡津託朗は残りの有休を使い東京見物をした。日比谷《ひびや》公園の近くにあるホテルに一泊した。ブッフェの朝食を終え、公園を散歩しようと一階のロビーへ降りたときだ。

「先生」

ふだんならば先生と呼ばれて反応することはない。だれか他の人に決まっているからだ。けれどもその声は、いきなり肩をわしづかみにされたような力を託朗に及ぼした。自分に向けられた声であり、無視することは許されていない。

振り返ると、深紅《しんく》の薔薇《ばら》をドーム状に飾り付けた巨大な装花の手前に声の主がいて、びっくりしたようでもうれしさに華やいだようでもなく、あの日の岸壁に立っていたときと同じ姿勢で、スポーツバッグを提げて突っ立っていた。細いジーンズと白いTシャツは着古されて、みすぼらしかった。

宇萱巳衣子がそこに「出現」していた。

そうとしか言いようのない、恐怖にも近い衝撃があった。

「ええっと」咄嗟《とっさ》に名前が出てこないふりをしたが、それが途方もなく恥ずかしいことのように思えて託朗はすぐ「みいちゃん、だったかな？」と続けた。

「はい」

巳衣子は身体を二つ折りにしてから上半身をぴょんとはねあげた。七年前となにも変わっていない。高速船が着いたのがこのホテルの正面だったと言われてもうっかり信じてしまうかもしれない。どうしてここに、と聞こうとしたが、巳衣子はもう託朗と回線が切れたのか別の人物に注意を向けていた。スーツを着た中年の男女で、装いは地味だったが託朗のそれの十倍以上の金がかかっていそうだった。巳衣子と男女は既知の間柄らしく、しかしふたりは巳衣子に慇懃《いんぎん》に、敬意を持って接している。その場の主役は巳衣子の方なのだ。

巳衣子が「中学のときお世話になった先生です」と紹介したので男女は託朗に近づいてきて名刺を差し出した。ホテルから遠くない場所にある画廊の名刺だった。画廊？　しかし男女はなぜふたりが巳衣子と親しげにしているかは話さなかった。女の方の肌はみたことがないほど白くつややかで、男は微笑んだときの目尻の皺《しわ》が印象的で、結局託朗はそんなものばかりに気を取られ、会話の内容はなにひとつ覚えていなかった。男女が去ると、巳衣子もいなくなっていた。

塩満地区の二軒長屋に巳衣子が訪れたのは、託朗が旅行から帰った次の日だった。

玄関で呆然《ぼうぜん》とする託朗の前で、巳衣子はまたお辞儀をすると、おとなりを貸してもらえませんか、と切りだした。ここの住所は、むかしのことのお礼のお手紙を書きたいと言ったら、児童相談所のひとが教えてくれました、と。

なぜ承諾したのか託朗はいまでもわからない。

しかし岩だ、と悟ったことは覚えている。

登山道を巨大な落石にふさがれたのだ、と。迂回路はない。

宇萱巳衣子は茶封筒を差し出し「家賃です」と言った。七年前に手をつながれたときのように封筒はするりと手に入り込んでいた。それは予想外の厚みで託朗をたじろがせた。

巳衣子が住むようになって半年ほどして妊娠がわかると、ふたりは婚姻届を出した。流産のあと茶の間のサイドボードの上にはふたつの小さな位牌が置かれることになった。

入籍してからも巳衣子は託朗とは玄関を分けた。家事はもっぱら託朗がひとりでこなし、巳衣子は茶碗《ちゃわん》ひとつ洗わなかった。毎日三食をともにすること、夕食前に風呂に入ること。それ以外は巳衣子は「自宅」でなにかに没頭していた。通いは一方向で、託朗が訪問することは拒まれた。

早朝、託朗は隣からの物音で目を覚ましたし、夜中に目が覚めてトイレにいこうとすると、きまって巳衣子の六畳間の電灯がついていて、ガラス戸越しに明かりが庭に差している。人影が動くのも見えたから、消し忘れではない。一度、午前三時に目が覚めたときにそうだったので、ためしにそのまま起きていたことがある。巳衣子は夜が明けるまで六畳間で立ったり座ったりしていた。そのあと朝食を食べにきたときの様子はふだんと変わりなかった。

はたして巳衣子は睡眠を取っているのだろうか。夕方、託朗が風呂を沸かしているあいだに、巳衣子は一時間ほどぐっすり眠る。それで足りるはずはないが、巳衣子に尋ねても反応はないのでそれ以上どうしようもない。

もうひとつ、託朗が不審に思っているのは「黒い車」の存在だった。

月に一度、あるいは二か月に一度、黒いメルセデス・ベンツの巨大なヴァンが託朗の家の前に停まる。高価そうなTシャツとジャケットの男性、または女性が降りてくる。巳衣子が玄関から出てきてふろしき包みを渡す。包みの形は四角く薄い。中身はわからない。男たちは落ち着いた態度で品物を受け取る。受け渡しが終わると県外ナンバーの車は去っていく。

託朗は東京のホテルで画廊の名刺を渡してくれたふたりのことを思う。かれらと黒のヴァンには関係があるに決まっている。だとすれば巳衣子が渡しているものは美術品なのだろうか。巳衣子が毎月託朗に手渡す百万円の封筒はこれと関係があるのだろうか。実際に尋ねることもあったが、回線が途切れて、答えは得られなかった。

最後にヴァンが来た日は、巳衣子が二十七歳で亡くなる前の日だった。五月はじめなのに午前中から汗ばむ日だった。家の前の雑草をむしっていると、ヴァンがやってきて停まる。託朗は立ち上がって挨拶しようとしたが、まごついているうちに品物の受け渡しが終わりヴァンは帰っていった。夕刻、膝枕のままそれを尋ねると、巳衣子は体を起こそうとする託朗を制して、鼻と鼻とがふれそうなほど近づけて、ふいに、

「先生、一瀬と百瀬のことですが」

そう話しはじめた。

巳衣子が口にした名前は、流産したふたごにつけるはずだった名、いまもサイドボードの上から夫婦を見下ろしている位牌の主の名だった。託朗は巳衣子が何を話し出そうとしているのか、まったく理解できない。身体を起こし、妻の顔をまじまじと見る。

先生、一瀬と百瀬のこと、可哀想《かわいそう》だったけど、あの子たちは私たちふたりを手放してよかったと思います。あのまま私たちと一緒にいても幸せになれるとは思えない。まだ赤ちゃんだったけど、でもひとりではないです。扶《たす》け合って、ほかの人の力も借りてきっとぶじに大きくなります。

巳衣子が嘘やでたらめを言うことはない。話しぶりは整然としていて認識能力を疑わせ

るような様子もなかった。

先生、私はふたりがこの家からいなくなる日に、お守りを付けてやりました。先生には見せたことのないものです。あの子たちがお守りの中身をみるのは、大人になってからでした。ふたりは誕生日の朝ふろしき包みをほどき、箱に入った「絵」を見ました。それが私のお守りでした。

いつの間にか巳衣子の寝ものがたりは過去形になり、既定事実を語るかたちになっている。決して実現するはずのないお話が、確定的な未来となり、それを同時代から見ているようにして、巳衣子は語った。


翌日は〈鹵落《しおお》とし〉の日だった。前日の饒舌《じょうぜつ》さは消え、ふだんと変わらない巳衣子だった。卵を落としたみそ汁、羊の干物、簞笥部屋での着替え。

志於盈《しおみつ》神社の拝殿へ登る石段の途中で、託朗は靴底にサクッとなにかを踏み砕く感触を覚えた。気の早い蟬《せみ》の幼虫が地上にあらわれ、そのまま鹵の固まりになっていた。託朗は不思議に思った。幼虫は地面の穴から這《は》い出て、石段に着くまではまだ生きていた。身体の組成の多くが鹵になって、なぜ生きていられるのだ、と託朗は訝《いぶか》った。

事故が起こったのは、小休止しているときだった。託朗が二人分のドリンクを受け取りにいっているあいだに、巳衣子はまたふらふらと岸壁の際まで近づいていたのだった。ドリンクの缶を渡そうとした町会の男性があっと声を上げた。悪魔に狙撃されたようなその表情を見て、託朗は何が起こったかを直感した。

振り返ったときに託朗に見えたのは、巳衣子の長靴のつま先が岸壁の向こうに消える瞬間だった。駆け寄り、岸壁に這いつくばって目を凝らしたが姿はどこにもない。巳衣子を呑み込んだぬかるみ状の鹵氷《ろひょう》に、波紋の同心円がもたもたと広がり、消えるところだった。

Facet 2　鹹賊航路（四）

〈お姉がさ、続きを書くかも〉

五日前のこと、そんな表題のメールが届いたときは心臓が三センチも跳ね上がった。パニックになりながら開いた一行目に、しかし百瀬はこう書いていた。

「俺はねえ、いくらなんでもこれはないんじゃないって思うんだけど、気が向いたら読んでよね」

無造作に本文に貼《は》り付けられた一瀬の構想メモを見て、甘音は「さすがにそれはないんじゃない……」と呟《つぶや》くや、デスクに突っ伏したのだった。

未来の大阪湾に塩と砂の力で、新しい国土〈メランジュ礁〉が築かれる。「多国籍国家」なる概念までもが登場する。ポリネシアのタタウをまとった男たちが配偶して出産する。中断の続きどころか、「鹹賊航路《かんぞく》」のストーリーとはまるで関係がない。だいいち想定読者の子どもたちに、父子の生殖場面をえんえんと見せられるはずもない。

前任の佐藤は、中断部分の先の構想は百話分くらいできているらしいよ、と言っていた。なぜ、それを読ませてくれないのか。甘音はそれがくやしい。


夜更けになって、兵庫県と岡山県の県境付近で、車は高速道路を降りた。交通事故で全面通行止めになっていたためだ。運転中の鹹疾《かんしつ》発作が原因だったかもしれない。自動運転車は乗員の異変を察知すると、危険な挙動を抑え、安全に停止する。それでも事故を防ぎ切ることはできない。

あかがね色の車はいま深い山あいにいた。

片道一車線の古い国道を、川に沿って延々と走り続けて、ヘッドライトの中に忽然と浮かび上がったのは、コインレストランの廃墟だった。草だらけの駐車場に車を停めた。あたりに人家はなく、道路照明灯も点《つ》いておらず、道路際にせまる急斜面の木々は黒く押し包むようだ。三人はそれぞれのシートで熱く甘い紅茶を飲み、バタービスケットをかじった。時計は午前一時を指している。

甘音がようやく口を開いた。

「目的地のある町は先生たちのふるさとだったんですね？　あの奇妙な新聞が『鹹賊航路』の着想の源で、でもそれだけじゃなくてあの絵をおふたりに遺した人は、あの地方紙が身近にある人だった」

「塩満にね、親の家があるの」

一瀬はなんでもないことのように言う。甘音が口をぱくぱくさせていると、

「俺たち、小学校のバス遠足であのへんの神社に行ったんだよ。その前の日、施設の職員がこっそり耳打ちしてくれた。バスの通り道ぞいにその家があるんだよ、と」

「だから右側の席にすわって、よくみてなさい、と」

「そうだったんですか。家は……ありましたか」

「あった。ひとつの平屋建てを真ん中で仕切った長屋だった。玄関は、ふたつ左右対称についていて、壁のモルタルは煤《すす》けていたし、くみとり便所の臭突《しゅうとつ》まで残っててさ」

ほんの数秒のことだろうに、頼めば正確な絵を描いてくれるだろう。百瀬の視覚的記憶力は並外れている。

「塩満へはそのとき以来ですか?」

ふたごはうなずいた。

「でしょうね。自分だったらなかなか行く気にならないと思います。だって、あのふろしき包み――」

甘音は、すこし間を置いて、おそるおそる言った。

「あの中身は、この世のものではないでしょう」

百瀬は軽くうんとうなずいた。

「そうなんだけど、塩満に行かなかったのはそれが理由じゃない。結局なにも起こらない

ってわかっているからだよ。あの新聞はたぶん『本物』だけど、俺たちの世界では鹵攻《ろこう》なんて起こってないし、原発はちゃんと動いている」

「でも先生たち、もしかしたら、とは思ったりしてないですか。あの絵を携えていったらこの道の先に――」

「それはないでしょ」一瀬は一笑に付した。「この道の先にあるのは、ナビが見せてくれるとおりの町だよ。塩満の港はまだ生きてるし、あの家がまだあったとしても、こっちとあっちは交わらない」

「俺たちにはさ、絵を見た日からずっと、ふるさとってのは『不可能』と同じ意味の言葉なんだよ。それはただの事実で、俺らは不幸とも幸福とも思ったことがないけどね。甘音ちゃん、この世界に鹵攻がなかったとして、甘音ちゃんはさびしいか。俺はさびしくない。かといって、あんな災害がなくてつくづくよかった、とも思わない。この世界で起こっていることじゃないからね。それと同じだ」

甘音はからっぽになったマグの底をしばらく凝《じ》っと見た。

「行きましょうか」

甘音は〈ザルツブルク〉のモーターを始動した。一瀬と百瀬はシートベルトをつけた。

車は同じ国道を北へ進んでいる。一瀬は寝息を立てている。百瀬は後ろの席で太腿をさすっている。百瀬の鹹疾《かんしつ》は、右下肢全体に穿《うが》たれたおびただしい化学熱傷だった。狙撃というより、近距離から散弾を浴びせられたようなものだ。切断を免れた大腿部《だいたいぶ》もしばしば疼痛《とうつう》で百瀬を苦しめている。

「あの世界の鹵攻も奇妙ですけど、それなら鹹疾はどうなんでしょうね。こんな『病気』があるってずいぶん変な世界だとは思わないですか。それって、鹵攻とあまり違わないんじゃないですかね」

甘音は、だれにともなく言う。道路はくねりながらまだ標高を上げつつある。峠《とうげ》はまだ先だ。

「あの新聞にのってた鹵攻は、そりゃ派手ですけど、意味のわからなさだったら鹹疾だっていい勝負ですよ。あっちの世界から見たら、こっちの方が嘘っぽい、つくりごとかもしれない」

「甘音ちゃんさあ、例のお姉の構想メモ、びっくりしたでしょ」

「はい」

「あれで読者が納得するわけないのは、そりゃお姉だって知ってるよ。でもいまの話に乗っかっていうなら、あれはずっと未来の話なんだよ。僕らのふるさとの」

「そうですね、あの古新聞の記事どおりの世界がそのままずうっと続いていって、日本列島が鹵攻で半分沈没してしまった世界」

「でもそれだけじゃない。あのメモに〈鹵疾《ろしつ》〉っていう言葉があったの気がついた？」

「ああ、そうでしたっけ……？」

「お姉はさー、鹵攻のあるあっちと、鹹疾のあるこっちを、はるか未来で合流させたかったんだよ。俺には言わないけどね」

「……百瀬先生はどうしたいんです」

「俺はお姉の言いなり」

またご冗談を、と甘音は言いそうになる。一瀬先生前に言ってましたよ。百瀬がいるから話を考える気になる、私は百瀬の言いなりだ、って。しかしそんなことはふたごがお互い一番よくわかっていることだ。

「なんで、俺らが鹽絵《しおえ》を持っていくんだと思う?」

「やっぱりそこ、こだわってたんですね。いや、ほんとに通行証代わりだと思ってたんです。でも言われてみれば、そううまくはいかないですよね」

「鹽絵がほら、どんどん消えていったじゃない。俺とお姉は、ずっと話しあっていたんだ。いま持っているこの絵も、いつかは消えちゃうんだろう。その前に、まだ形があるあいだに、もとあった場所へ戻すのがいいんじゃないだろうか、ってさ。あっちの世界へたどりつくことはできないけど、いちばん近い場所へ置いていくことはできるんじゃないかな。その準備が整ったら車で行ってみようって」

村木一瀬も眠るときには瞼を閉じる。しかし閉じても暗くはならない。視覚神経のどこかが微弱な信号を出し続けている。それが、薄氷を透かす光のような明るさを一瀬に見せ続けている。瞼を指で押さえたときに現れる模様のうねりと似たものが一瀬には見えている。

　それを自覚したのは十五歳の誕生日、顔も知らない親が残した鹽絵を開封したときだった。小さな凹凸が上下する動きに見覚えがあった。物心ついてからずっとこれを見ていた。青空をながめたとき、白壁に視線を向けたとき、そこでちりちりと泳いでいた光の濃淡、じぶんの目の中にしかないと思っていた動きが、落雁を敷き詰めたような鹽絵の上に取り出されていた。

　視覚神経や脳の活動が生み出す持続的なパターン。生まれついての素因。一瀬の脳は眠っていてもこのパターンに反応している。一瀬が受け継いだ「母」の部分が、意識下でなにかを作りつづけている。それがある日、白昼の霊感となって意識上部で明晰《めいせき》になる。

「鹹賊航路」を躍動させるリズムは、そうやって生み出される。

　一瀬は助手席でまどろんでいる。ポンとチャイムの音が鳴る。ナビゲーションの音声が一瀬の耳を撫でていく。うっすらとその声を意識する。

「これよりL県です……凾攻レベル五……発生密度は……進路をこのまま維持されますか……」

　遠く異国から紛れ込んだ放送を思わせる声は、一瞬異様に鮮明となり、すぐにまた夢のように遠くなる。

　やがて一瀬は、自分の進行方向に、多彩な音、鮮やかな形がにょきにょきと立ち上がるのをねむりながら「見る」。車のまわりの環境が後方へ流れていく。その流れの両岸に立つ山々の、尾根や、峪《たに》や、沢の見えない場所で鹵《しお》たちがひそかにはびこっている。梢《こずえ》や、下生えや、ひっそりと胞子を飛ばそうとしている蕈《きのこ》に鹵が降り積もり、喃語《なんご》をしゃべりだす。その集《すだ》きがタペストリになる。夜の水族館のような、螺鈿《らでん》の光沢のような、光の綴《つづ》りがゆらゆらと後方へ去っていく。やがてそれらも回線が切れたように明滅して消える。

Facet 1　志於盈の町で（六）

鹵《しお》に落ちた者の捜索は一切行われない。

多くの目撃があれば警察が証明書を出し、それが死亡診断書がわりになって即日死亡認定される。葬儀では近所の数人が焼香に来場し、涙ながらに悼《いた》んでくれて、少し風変わりではあったけれど、それも含めて巳衣子は年輩者に可愛《かわい》がられていたのだと感じることができた。

葬儀が終わり、ひとり家に帰って骨壷《こつつぼ》のない祭壇にお線香を上げてから、託朗は巳衣子の家の玄関の鍵を開けた。上がり框《かまち》には、案の定、鹵の粒がぱらぱらと散っていたが、託朗はそれらに恐怖を感じることはなかった。

靴をぬいで六畳間に入ると、畳一面に鹵が薄く積もっていて、磁石に反応する砂鉄のように毳《けば》だって微震動していた。震動によって揺すられる鹵は、こみいった図形をおのずと描きだしていて、どこか鯖《さば》の背中の模様に似ていたが、それよりも託朗の目を引いたのは所狭しと立ち並んだイーゼルの方だった。絵の具やパレット、筆などはどこにも見当たらなかった。どの画架にも絵は架かっていない。空《から》のイーゼルがひしめいていたのだ。

台所の流しには縁いっぱいまで鹵が満たしてあった。浴槽も同じだった。いったいどうやってここまで持ち運んだのだろうか。流しや浴槽の表面では、鹵たちがいっときも休まず凹凸を変化させ続けていた。浴槽の傍らにはステンレス製の大きな柄杓《ひしゃく》があり、その底にたまった鹵も模様を点滅させていた。六畳間に戻ると、部屋のすみに木枠が積み重ねてあるのに気づいた。色紙《しきし》を収める額《がく》ほどの大きさで絹布が張ってある。

巳衣子は、何を制作していたのだろう。

一瀬と百瀬。

巳衣子が一度きり語ったあの物語、この世に生を享《う》けることのなかったふたりの子の、決して実現することのない未来の話。あれをノートに書きとめてみようかと考え、しかし無意味だと思い直した。あの物語がもし意味を持つとしたら、巳衣子がそれまで聞いたこともないほど生き生きと話す、その声や、息づかい、肌の温度を至近距離で浴びながら聞くこと、そこにしかなかった。下手に文字にするくらいなら、それこそ巳衣子に倣《なら》って絵を描いた方がいいかもしれない。お話のすじがきではなく、あの時間、物語を聞いた時間そのものを、絵として描いてみるのだ。

物思いからわれに返って、託朗は改めて部屋を見渡した。巳衣子の私物はいくらも増えていない。ほんとうに何ひとつ残さなかった。そろそろ引き上げようとして立ち上がるとき、部屋の隅でくたっとしているバッグに気がついた。

島の港で、日比谷のホテルのロビーで提げていたものだった。すっかり古びて、全体にひび割れや剥がれがあった。ファスナーは何年もそのままだったようで、開けるのに苦労した。中は空《から》だった。平らに畳もうとしたとき、託朗の手が止まった。外ポケットになにかある。一枚の紙を引っぱり出して広げる。

手漉きの和紙でできた、小学校の卒業証書だった。

四十九日が終わったころ、渡津託朗は港の岸壁に姿をみせるようになった。小さなスケッチブックを広げて、鉛筆を動かすのだった。だれも近づかない岸壁にちいさな折りたたみいすを置き、ポケットだらけのベストを着て背中を丸める姿は、いまでは見かけることもない釣り人のようだった。無防備に歯に触れる可能性があるため町会からは退会を余儀なくされたが、託朗の心情に配慮する者も多く、批難やいやがらせはなかった。

「最後まで訊《き》けなかったな……」

朝、お供えの花を替えながら、

昼、岸壁で鉛筆を動かしながら、

夜、食器の後片づけをしながら、託朗は思い出したようにそうつぶやく。最後まで、ふたごがだれの子なのか訊けないままだったな、と。巳衣子は毎日のように身体を合わせてきたが、託朗が男性の役目を最後まで遂行したことは結局なかった。

　岸壁に来ると、朝から夕暮れまで託朗の指先は休まず動く。しまいに鉛筆はちびて指の先ほどになる。一日一本の鉛筆を費やして紙一枚を仕上げるが、ふしぎなことに紙はほとんど黒くならず、淡く茫洋《ぼうよう》とした濃淡をただよわせているだけだ。その絵を覗き込んだある者は、そこに薄曇りの空を見、あるものは海面の鹵模様のピンボケ写真のようだと言った。しかし託朗はそこにまったく別のものを想像していた。

　あの六畳間のイーゼルに架けられていたはずの絵がどんなものだったか、それを空想しながら指先を動かす。託朗の空想では、それは絵の具も筆も使わない。鹵と手だけで織りなされる絵でなければならなかった。ひらたい木枠に絹布をぴんと張る。浴槽から流しに移した鹵にくぐらせては引き上げ、和紙を漉《す》くように前後に揺する。鹵は気難しいが、巳衣子ならば金魚をすくうように造作なく取り上げ、フレームに収めただろう。小さな町が寝静まったあとも、夜通しはたらき続ける巳衣子の手が見せたであろう動きを託朗は想像する。その想像をなぞるように鉛筆を動かす。動かしていると、そこに意図しない模様が浮き上がる。豹《ひょう》や猫の斑紋《はんもん》のようだったり、鯖や鰯《いわし》の背模様のようだったりする模様が。なおも鉛筆を動かすと、画面の濃さは変わらないのに、その模様がまたべつの模様へ移り変わっていく。その不思議さに託朗は魅せられて、飽くことなく鉛筆を動かす。そして、巳衣子の作品はこのようなものだったかもしれないと想像する。

「先生」ひそっとした声を託朗は脳裡《のうり》によみがえらす。最後の夜、巳衣子が語った、ふたごの未来はこう続く……

——先生、十代の終わりごろ、一瀬と百瀬は漫画家になりました。
私のお守りを授かったふたりは、すばらしい絵を描きました。一瀬がお話を考えると、百瀬には一瀬が空想しているものがありありと見えるのです。そうして百瀬の引く線は、読むものに鹵のリズムを伝えました。漫画を読む人は鹵の動きをしぜんと身体にしみ込ませていきました。自転車にすいすい乗れるように、鹵の動きをやすやすと理解できるようになったのです。

巳衣子が最後に滔々と語った言葉の意味の半分も託朗にはわからなかった。
わからないなりに、それが首尾一貫した意味のある言葉だとはわかった。
なぜなら何日経っても、何年経っても、ひとこともまちがえずに諳《そら》んじることができたからだ。

託朗は、鉛筆の芯を寝かせて、スケッチブックに濃淡をつくり出しながら、頭の中で何度も何度でも、その、決して実現しない夢物語を再生する。絵を一枚仕上げると、託朗は家に帰る。スケッチブックからちぎりとって画鋲《がびょう》で壁に留める。

——先生、こうして、私と同じように、いえ、私よりもうまく鹵を見ることができる人が増えました。やがてその人たちの子孫は、鹵の力に突き崩されていく世界の中にしばし時間稼ぎのできる堡塁《ほうるい》をつくるでしょう。

海のただ中に鯖の背模様のような、異国のいれずみのような、入り組んだ形の島々をつくるでしょう。

Facet 3　メランジュ礁（四）

鹵力《ろりょく》は、最終的には人の意志では束縛できない。

オランダの「サンド・モーター」のように、あらかじめ入念に調査・施工したあとは、主として自然の力に任せることになる。

メランジュ礁は、もしかしたら数少ない例外のひとつかもしれない。

一部の人間は、鹵《しお》の自発的なパターンを見ることで、脳神経に特異な電気活動が生じるとされている。意識消失や異常行動に至ることは少ないが、そのパターンに惹き付けられ目を離すことができなくなることなどが報告されている。こうした特性を持つ者の中には、経験を積むことで、鹵の挙動をある程度予想できる者がいる。熟練の船乗りが天候の変化を予見できるように。

そのような人々の意見に耳を傾けながら、潮流や気象の条件、海底の地形や地質を考慮に入れ、鹵攻《ろこう》の力を都合の良い場所へ誘導し、ときには叩き網漁法のように特定の場所へ追い込み、数十年にわたる気の遠くなるような作業を繰り返した果てに、ようやく鯖の背模様のように入り組んだメランジュ礁の原型が作られた。それが鹽津城《シオツキ》として一応の完成をみるには、さらに長い月日を要した。

治水や新田開発を人力に頼っていた時代と同じく、気の遠くなるような時間をかけなければ、あたらしい地形を得ることはできない。


「いいかねカフランギ、それほどまでして築き上げたものも、こうやって、あっという間に失われてしまうのだ」

淡路の山の頂の露台から崩れゆく鹽津城《シオツキ》を見渡し、おじいさまは私に言った。皺ばみ、血管の浮き上がった手が、露台に出した椅子《いす》のひじ掛けを摑んでいる。その手は小刻みに震え、甲に彫られた想像上の獣は身をくねらせているようだ。震えのやまいは長くおじいさまを苦しめている。

史上最高の〈メランジュの目〉の持ち主として鹽津城《シオツキ》を見守り続けたおじいさま。ひさびさに椅子を露台に運ばせたけれども、景色をひとめ見て、お顔はみるみる曇ったのだった。

おじいさまと同じく、鹽津城《シオツキ》もまた蝕《むしば》まれつつあった。

整然と区画されていた礁の輪郭がぼやけている。畑への塩水の浸水が相次いでいる。水路は砂が堆積して浅くなり、しばしば荷物舟の底に穴が開くようになった。紀伊水道の筏《いかだ》牧場ではイルカ培養肉に病変が広がっている。

しかし六十七歳という驚異的な年齢に達しても、礁の人々を率いてきた類《たぐ》いまれな心の力は健在だ。この惨状を見ても、弱音を吐こうとはなさらない。いや、むしろそこから希望を読み出そうとするかのようだ。私にはわかる。なにしろ生まれてこの方、マナイア翁と私はずっといっしょに暮らしてきたのだ。

「おじいさまは『百枚の矢板《やいた》』のことを考えていらっしゃるの」

「カフランギ」おじいさまは私の名を呼んだ。「そうともカフランギ、私は矢板のことを考えている。ときにおまえは『矢板』が朽ちたと疑っているか?」

いま、おじいさまが私に書き取らせているお話に、その矢板の話が出てくる。

矢板とは、土木工事のとき土留《どど》めのために打ち込む、板状の杭《くい》のことだ。

百何十年も前、メランジュ礁プロジェクトがはじまったとき、大阪湾は鹵力《ろりょく》で攪拌《かくはん》され巨大な沼地のようだったという。創業者はそこに「百枚の矢板」を突き刺した。百枚の矢板にはふしぎな力がこめられていて、メランジュ礁や鹽津城《シオツキ》の形成を大いに促したという。〈メランジュの目〉の持ち主が力をふるえたのも、矢板があってこそだったのかもしれない。

「矢板がどのようなものかは知らないけれど、百何十年もは持たないのじゃないかな」

「カフランギ、矢板は朽ちてもよいのだ。矢板の力はすぐに溶け出したのだから。どこでもいい、そのへんの鹵や砂をすくってみれば、そこに矢板の力は浸透している。だからこそメランジュ礁はできたのだ」

「それなのに、なぜ鹽津城《シオツキ》は崩れてゆくの」

「鹵の悪魔の力がまた強まったのだ。これはしばらくは続くだろう。メランジュ礁は海に滲《にじ》むように薄れていくだろう。われわれはまた、海をただようことになるだろう」

けれどもおじいさまは打ちひしがれたようではない。

「鹽津城《シオツキ》が消えうせるよりも早く、私は死ぬだろう。遺せるものはわずかしかない。カフランギ、私はそれをおまえに伝えようと思う」

「私に昔のお話を聞かせてくださるのは、そのためなの？　ヒメのことだとか」

いまおじいさまが私に書き取らせている中には、百枚の矢板を作ったヒメのお話が出てくる。ヒメは鹵攻のはじまりよりも前に、ずっと遠くにある、ふたごの形の島で生まれたという。たいそうみにくく悪臭をただよわすヒメは、ふるさとを追われたどり着いた地で夜ごと矢板を作ったのだ。

「私、ヒメの海渡りのお話が好き」

島を出るとき、ヒメはきよらかな服に身を包んだ。空に浮く船に乗り、大きな鮫《さめ》の背中を踏んで海を渡ったという。ふたりの子を産み、何百枚という矢板をせっせと作ると、それが失われないよう世界中にばらまいた。やるべきことを終えると、鹵の泡となって海に還《かえ》った。

「私たちはその末裔《まつえい》なのだよ」

おじいさまは〈メランジュの目〉で私を見る。おじいさまによく似た、私のふたつの眼《まなこ》を。

「この目も遺したいもののひとつなのね」

「そうとも、カフランギ」

おじいさまは、黥面《いれずみ》におおわれた顔をほころばせた。震える手で私の大きな腹を撫でた。おじいさまがこの世に残す最後の子どもを。

Facet 2　鹹賊航路（五）

中国山地から日本海へ降《くだ》っていく長い道程の途中に、広々としたパーキングエリアがあった。甘音もそこで二時間ばかり仮眠を取った。そのあいだに空が白んできて、フロントガラスの向こう十数キロ先に日本海がひろびろと夜明け前の光をたたえている。

目をさました三人は車から降り、清涼な空気の中で柔軟体操をした。疲労も眠気もなかった。ちいさなキャンプ用バーナーをふたつ出し、片方にケトルを載せ、もう一方にはフライパンを置き、ぶ厚いベーコンをじゅうじゅういわせてから茹《ゆ》でグリーンピースの缶詰を汁ごと開け、煮立ったところで卵を割り入れた。三つの白身がレンズみたいに豆を覆う。

三人は花壇の縁石に並んで腰を下ろした。塩を振り、黒胡椒《くろこしょう》をがりがりと挽《ひ》いた。一瀬は匙《さじ》で器用に食べ進める。百瀬はあぶったパンで豆と黄身をかき混ぜながら、

「この朝めし、漫画で描きたいレベル」と呻《うめ》いた。

「ありがとうございます」

「ときどき腕をふるってほしいね」

「原稿を描いていただけるなら、なんぼでもお作りしますよ」

「泣かせるね」

「ところで百瀬先生、気づいてました？」

甘音は手入れがされず、雑草が伸び放題になっている花壇に目をやった。

「うん、生きてるね」

雑草の葉のふちには、塩が繊細なフリンジとなって付着している。しかし植物は塩害にやられた気配がない。葉はぴんとして、青々としている。甘音は葉のひとつにそっと手を触れた。見かけとは違い、塩は葉と一体になっていて、指で払った程度では落ちない。

パーキングの外構の植栽も、周囲の山々も、同じように塩を帯びている。新緑が思わぬ霜に見舞われたような風景が、はるか下までつづいている。あからさまに異様な風景だった。甘音の心臓はどくどくしていた。ここはあちらの世界ではないのか。

「一瀬先生、どう思いますか」

「私には見えないんだから」一瀬は苦笑し、それから真顔になる。「実は、夢うつつで不思議な声を聞いた。ナビゲーションの音声だったね」

「あたしも聴きましたよ、運転してましたから。確かに〈鹵攻《ろこう》〉って言ってましたね。天気予報のように鹵攻の予想をしていた。あの……、もしかしたら、あっちとこっちがここでは、入り混じっているのじゃないですか」

「どうだろうね。ねえ、一服つけていいかい」

「もちろんですとも」

一瀬はスカートのポケットから紙巻き煙草の函をだし、一本口にくわえた。甘音が火をつけた。ふかくふかくふかく吸ってから、けむりをふーっと吹き上げた。

「ふー、空気がいいと煙草も格別だね。ここまで来た甲斐《かい》があったよ」

けむりは三人の背丈くらいの高さから上には行かず、水平に拡がり鰯雲《いわしぐも》に似た模様を取ってしばしその場にとどまった。


いったん日本海沿いまで出て、そこから一桁《ひとけた》国道を一時間ばかり西へ進むと、ようやくL県だった。塩満の町へたどり着くにはさらに三十分以上を要した。

「うん、この道この道」

錆《さ》びて折れたバス停の標柱をたどりながら、かつての水田と里山に挟まれた道を進んでいく。やがてポルシェ＝テスラは止まり、ナビが案内を終了する旨《むね》を告げた。ここが旅の目的地なのだ。

三人は車から降り二軒長屋を見上げている。

道路と、家の棟瓦《むねがわら》、その背後の里山の平らな稜線《りょうせん》が、三本の平行線になっていた。あたりは豊満なみどりと塩のきらめきで彩られている。

「ここなんですね」

杖によりかかって百瀬はうなずく。もとより人が住んでいる気配はない。雨どいは落ち、波打つセメント瓦のすき間から苔《こけ》が盛り上がっている。玄関は背の高い雑草でふさがれていて、もう何年も人の出入りがないのだろう。道路には人通りがまったくなかった。この町に人がいるかどうかも定かでなかった。

「だれも咎《とが》めないでしょう。入ってみますか？」

ふたごは怯《ひる》むでもなく、しかし進むでもない。世界でただこのふたりだけに、あの戸を開ける権利がある——甘音が緊張して返事を待っていると、百瀬が意外なことを言った。

「甘音ちゃん、俺たちのかわりに行ってくれる」

一瀬はなにも言わず、ただ家の方へ目を向けている。

「意味がわからないですよ。なんであたしが」

「危なそうだから。こっちの身に何かあったら、『鹹賊航路』の続きは描けなくなるよね」

それは本当の理由ではないだろう、と甘音は直感した。

かれらはここへ入ってはいけないのだ。

それをよく知っているのだ。

「一瀬先生も、それでいいですか」

前を向いたまま一瀬はうなずく。百瀬から荷物を受けとると、わかりましたと言って、
天野甘音は道路から一段高いところにある家の前に立った。

エピローグ　あるいは　Facet 4

志《し》於《お》盈《みつ》神社の本殿の背後に拡がる森は、昼でも暗い。けれども樹齢五百年を超えて立ち並ぶ檜《ひのき》の樹皮が氷紋《ひょうもん》のような鹵《しお》に覆われ、それが木漏《こも》れ日《び》でたえまなくきらめいているため、いまそこを歩く兄妹《きょうだい》が道を見失うことはない。ふたりが久々に進むのは、下生えが不思議なほど生えていない自然の歩道であり、その先には八重垣《やえがき》に囲われて神祖《しんそ》が眠るとされる閉域がある。

ときに奥津城《おくつき》と呼ばれるその場所は、名とは裏腹に、実際には墓でない。だれかが葬られ、祀《まつ》られているわけではないのだ。ではなにか。それを真に知る者は、年に一度ここを訪れるこの兄妹のほかにはない。

ふたり揃《そろ》ってことし四十路を迎えるきょうだいの、兄の名は「鹹《カン》」、妹の名を「鹵《ロ》」という。いまは亡き母が、神代《かみよ》の昔の鹹賊《かんぞく》の頭目から付けた名だ。ふたりが被る毛織りのポンチョにはタタウの紋様が織り出されている。

かつて志於盈の港があった場所に鹹賊たちがやってきたのは、この千年紀の前半、二三〇〇年代のことと伝えられている。

鹵力《ろりょく》を自在に操る能力者である鹹賊の二大勢力がこの地を争い、三十年にわたる戦《いくさ》の末に、カンとロロは祝言《しゅうげん》を挙げた。その後は二族が仲よく力を合わせ、ついには〈鹽津城《しおつき》〉を再建し、長きにわたる繁栄を謳歌《おうか》した。

これはだれもがよく知る神代の国築きの顚末《てんまつ》だが、多くの神話がそうであるように、その物語りがいくらかは歴史的事実を踏まえている。

「鹹賊」とは、鹵攻《ろこう》がもっとも激烈だった時代に海を渡って来た人々や、日本列島に以前から住み着いていた人々を集めて編成された技術者集団のことだ。予測のできない鹵攻や、予防も治療も困難な鹹疾《かんしつ》を辛抱強く観察し、記録し、摂理を見出し、手懐《てなず》けるすべを編み出していった人々のことだ。

彼らは一度、ここから百里も東にあるおだやかな内海を根城にして、砂と鹵とで壮大な都を作り、それが失敗に終わったあと、二つの集団に別れて各地をさまよい、最終的にまたこの塩満の地へたどりついた。

閉所を調べてそれを明らかにしたのは、いま先を立って歩く妹だ。巨木の根がうわばみのように地を這っているのをつぎつぎまたぎ越えていく。

やがて根の向こうに、ちいさな社《やしろ》が見えてくる。技術者集団がこの地に〈鹽津城〉を再建し果《おお》せたあと、落款《らっかん》のように残した建物だ。

そのまわりをぐるりと白い柵が囲んでいる。両手でやっとにぎれるほど太い鹵の標柱が並んでいるのだが、高さも角度もばらばらで、乱雑に打った杙のようだった。

ここが閉所だ。

「今年はなにを調べるのだ？」

柵に沿って歩きながら、兄は妹に尋ねる。

「ヒメの子どもたちのことを」

「ヒメ？」

「はじまりの神祖だよ。鹵がまだ海に溶けていた時代、ふたごの形をした島から渡ってきたヒメだ。

島の浜で途方に暮れていたヒメに、渡しを申し出た男が現れた。ヒメはすぐにその男を気に入った。ヒメが何かに夢中の間はほっておいてくれたし、退屈なときはいくらでも話をしてくれたからな。男とヒメは、空飛ぶ渡し船に乗り、大きな鮫《さめ》をならべてその背中を飛び石のように跳んでこの国に渡ってきた」

「空飛ぶ船なら、鮫の背を踏まないでよいのではないか？」

「……なるほど」妹は虚を突かれた顔をした。「それはもっともな質問だ」

ふたりは立ち止まった。

狛犬《こまいぬ》を思わせる鹵の像が一対、門柱のように立っている。ふたりは心持ち目を大きく開いた。親譲りの目、琥珀《こはく》色《いろ》のパーティクルが散る二組みの虹彩がさぐられる。ごとんと音がして、閉所の扉が解錠される。

ふたりがかりで慎重に閉所の扉を押す。黒い塗料や螺鈿《らでん》はほぼ剝がれ落ちて、あかがね色の下地があらわになっていた。

閉所の中には円形の部屋がひとつあるばかりだ。その中央には大きな机があり、湾曲した壁には二百七十度にわたって白いパネルが並べられている。装置類を含めたこの空間全体が「カフランギ文書《もんじょ》」――志於盈にやってきた鹹賊たちの遠い先祖、カフランギが残した聞き書きの歴史書だ。

ふたりの入室を感知して閉所がブートする。換気が作動し機構がまわり、パネルの表面が動き出す。小さな四角い凹凸が上下する。それが連動して模様になる。

残念なことだがパネルは六割しか作動しない。閉所ができて五百年あまりというから、動くだけでも奇跡であり、年に一度しか入室しないのもそのためだ。

「さて……」

妹はデスクにノートと鉛筆を広げる。やがて閉所が動かなくなったときのために、文書の中身をひとつでも多く書き写すのだ。妹は鉛筆を走らせる。

兄は後ろに立って腕組みをしている。しかし目は広大な表示装置のすみずみをくまなく、舐《な》めるように見つめている。

カフランギ文書の内容は文字でも具体的な画像でもなく鹵の凹凸によって表示される。それを判読できるのは、ふたりに〈メランジュの目〉がそなわっているからだ。

兄は内容は理解せず、表示される模様とその変遷をそのまま、ただ超絶的な記銘力で覚えていく。これとは対照的に妹がノートに書き出すのは、絵と文字だ。文書に記された雄大な物語りと繊細なニュアンスを、絵物語にして写し取る。ふたりの集中力が尽きたところで兄は顔を伏せ、妹は鉛筆を放り出した。

装置を休眠させて、兄妹は閉所を出た。瞳の鍵で錠を下ろす。一年後、この鍵が作動するかはわからない。ふたりは木漏れ日と鹵が織りなす光模様をたよりに帰り道を歩く。

「なにがわかった?」

兄は凹凸のパターンを正確に覚えているだけだ。内容は理解していない。妹はかいつまんで教えてやる。もちろん兄はすぐ忘れてしまうのだが。


陸に着いたヒメは渡しの男を海ばたの苫屋《とまや》につれてゆく。

左右に分かれた苫屋の一方がヒメの産屋《うぶや》で、もう一方に男を住まわせた。ヒメは来る日も来る日も男のからだを、鋤《すき》のように立派な歯で耕した。すっかり耕されると男は白くとろんとした塩水《えんすい》になった。

それを産屋に移して平らにひろげると塩田となった。ヒメが塩田をまた丹念に手で掻き回しているうち、右の手のひらと、左の手のひらの上に、子どもをひとつずつ掬《すく》い取った。しかししょせんは老いた男から作った塩だ。なかなか形がかたまり切らず、うっかりして指のあいだからすり抜けて、海に流れてしまった。

ヒメはたいそう悔やみ、次からは右と左の手をかさねて、紙漉きのように慎重に動かして、浮かび上がる模様を掬い取った。白縮緬の反物《たんもの》のように美しい鹵の織物は、多くの商人が競って買い求め、世界の彼方まで売られていったという。

これから一年がかりで、兄は鹵模様の正確な記録を、妹はスケッチから絵詞《えことば》を起こしていく。

やがて森を抜けて神社の境内に出た。

そこからは志於盈の邨《むらざと》が、一望できる。

境内の端に立つと――兄妹は知る由《よし》もないがそれは託朗が海を見た場所と同じだ――そこに海へ落ち込む急峻な崖はなく、なだらかな階段状の傾斜ができている。

五百年前にこの壮大な景観を作り上げたのは、鹵工《ろこう》技術を極めた技術者集団だ。原子力発電所廃墟から周囲に浸潤し、志於盈神社まで這い登ろうとする鹵攻を巧みに誘い込み、その巨大な力を利用して居住可能な陸地〈鹽津城〉を造り上げたのだ。

鹵、海砂、山から削り落とした岩や土は、鹵攻の力で混練され、棚田《たなだ》にも似た階段状の地形となってはるか沖合いまで連なっている。ここからはそれがどこまで続いているか、見極めることさえできない。〈鹽津城〉の全景は、いま傾きつつある陽を浴びて、珊瑚《さんご》のような赤に輝いている。

「ふたご島とやらがまだ残っているのなら、空飛ぶ船など使わずとも、歩いて渡ってゆけるかもしれないいな」

「それはどうかねえ」

妹は首を傾《かし》げた。この〈鹽津城《シオツキ》〉も盤石の大地ではない。たまたま長いあいだ持続しているというだけのことだ。そうして、文書のはじまりに記されていたカフランギ自身の身の上を思い出す。

メランジュ礁の崩壊を悟ったマナイアは、カフランギたちに住み慣れたみやこを離れ、巨《おお》きな白い卵のある場所をめざすよう説いた。内海《ないかい》ではなく外海《そとうみ》に面した地へ赴けと言ったのだ。

螺鈿の眼を持つ人びとは船を捨て、おおぜいの身重の男女を導き、列をなして山を越えていった。鹵が繁る土地、あらゆる生きものが根絶やしにされた土地、みやこからは「死の国」と思われていた土地へと。

かれらは――のちに鹹賊と呼ばれる者たちは、かつての海とほど近い場所に、ふたごの形をした苫屋をみつける。カフランギはふしぎに心惹かれてその家の戸を開ける。屋根に大きな穴が開き、薄い日の光が射している部屋でカフランギは見出す。マナイアが言い伝えた絵。落雁のような、白縮緬のような矢板を。

文書の「序」には、この絵を核にして閉所が造られた、とある。


タタウ模様のポンチョ――マタニティ・ウェアの上から、兄妹はそれぞれの孕み出した腹部を撫でている。

「流れてしまったヒメの子らは、その後どうなっただろうなあ」

「……なるほど、それはもっともな質問だ。その答えはまた次に来たときに調べることにしよう」

「俺はその答えをもう知っているような気がするよ」

言い伝えによれば〈鹽津城〉を築いたあと、鹹賊たちは鹵でできた道づたいに次の土地に向かったという。鹵力と知恵のあるかぎり、人間はどこへでも住む土地を造るのだろう。

風に夕方の温度変化が感じられる。

兄と妹は眼下に広がる鹵の段丘を横目に見ながら、神社の古い石段を降りていく。

Facet 2　鹹族航路（六）

さて、どちらに入ろうか？

甘音は少し迷って、左の玄関を選んだ。そちらにだけ赤い金属製の郵便受けがあったからだ。木製の戸を引くと、予想に反して戸車はからからとなめらかに動いた。小さな玄関には男物の靴が片方だけ、靴底を上にして転がっている。掃き掃除をしたばかりのように、砂や土の汚れはない。緊張しながら土足で上がり、小さな板の間を踏み渡って、襖《ふすま》を開けるとそこは六畳間だった。

正面のガラス戸には障子もカーテンもなく、朝の光でいっぱいだ。壁一面に画用紙が留められている。紙は古く、丸まったり反《そ》り返ったりしている。壁際には空っぽのサイドボードがひとつ。

甘音は壁の画用紙を外しはじめた。ぼろぼろにさびた画鋲の中には、触れただけで砕けるものもある。画用紙を床に置き、画鋲は長押《なげし》に留めなおす。それを果てしなくくりかえす。画用紙は、鉛筆の線をひたすら重ねて、入り組んだ縞《しま》を浮き上がらせてあった。魚体の模様のようであり、異国の刺青《タタウ》のようであり、水路のある町の地図のようでもあった。

庭に面したガラス戸の外を見る。菜の花が咲きモンシロチョウが舞っている。

すべて外し終えると紙をそろえて、広げたふろしきの上に置いた。かがんだ拍子に、サイドボードの下で何かが埃《ほこり》にまみれているのに気づいた。手を差し入れて引っ張り出すと、それはビニールがすっかり劣化してぼろぼろになったスポーツバッグだった。たくしこまれていたせいで、ゆがんだ形でかたまっている。

甘音はそれを丁寧に揉み、できるだけ柔らかくほぐしてから、中に画用紙の束を入れた。ふたごへのお土産《みやげ》にするつもりだった。

バッグを提げて立ち上がると、目の前に三枚の位牌があった。

サイドボードの上に並んでいたのだ。

埃にまみれたガラスコップには草花を挿《さ》していた形跡があった。

小さな線香立てもあった。

位牌はふつうのものが一つ、その横に小さな白木のが二つ。

小さな方は一対のようだ。戒名の片方には「一」、もう一方には「百」の字がある。

それが意味するもののことを考える。

いくら考えてもなにひとつわからない。たしかに、ふたごはこの家に上がらない方がよかった。

甘音は百瀬から預かった鹽絵《しおえ》を、大きい位牌のそばに置いた。

「ふたりのお子さんから言付《ことづ》かりました。お返しいたします」

目をつむり、しばらくのあいだ手を合わせていた。

玄関まで戻ってきた天野甘音は、土間《どま》に下りるのをためらった。

村木一瀬と百瀬はほんとうに存在しているのだろうか。あたしは位牌のある世界に踏み込んでしまった。あの戸を開けたとして、そこにいるのは一瀬と百瀬なのだろうか。

甘音は右手で頰をぴしゃぴしゃと打った。

帰らなくては。

なにがなんでも「鹹賊《かんぞく》航路」の続きを描いてもらわなくては。

大海戦のクライマックスを何十巻になってもよいから描いてもらう。そして最初に構想された大団円、〈鹽津城《しおつき》〉の落成とロロとカンの祝言に辿《たど》り着かせる。

大丈夫ですよ一瀬先生——そう自分は説得するだろう。心配は要りません。人がいったん想像してしまったものは、失われない。メランジュ礁を舞台にした一族の話は、先生が描かないとしても、時を超えて、場合によっては世界を越えてでも、どこかでだれかに見出されるでしょう。

あるいはこう言うかもしれない。あの世界はすでに存在しているのです。どこかに。確実に。

戸の桟にはまったすりガラスは薄明のように光っていて、その外にはふたつの人影が立っている。

それが一瀬と百瀬であることを祈りながら、天野甘音はバッグを抱えなおすと玄関の戸を引いた。

参考文献
近藤滋「チューリングの卵　生物の模様の秘密」、季刊「生命誌」11号（一九九六年一月）https://www.brh.co.jp/publication/journal/011/to_1
熊谷玲美「ついに解明！　植物が作り出す奇妙な模様「フェアリーサークル」の謎　チューリングが見抜いた自然界のしくみ」、「講談社ブルーバックス」ウェブサイト https://gendai.ismedia.jp/articles/-/76636?imp=0

初　出

「未の木」――「群像」2020年1月号

「ジュヴナイル」――『文学ムック たべるのがおそい vol.7』、書肆侃侃房、2019年4月

「流下の日」――『NOVA 2019年春号』大森望責任編集、河出文庫、2018年12月

「緋愁」――『kaze no tanbun 夕暮れの草の冠』西崎憲編、柏書房、2021年6月

「鎖子」――「文藝」2019年夏季号

「鹽津城」――「文藝」2022年秋季号

ノート

二〇一六年の『自生の夢』以来、(『ポリフォニック・イリュージョン』を除けば)八年ぶりの短編集となる。うち二作について簡単に説明を付す。

「鎮子」は、「文藝」二〇一九年夏季号の特集「天皇・平成・文学」に寄稿したもの。主人公の内的風景として拙作「海の指」のあれこれが引用されるが、今作は現代日本を舞台にしており当該作と直接の関係はない。

「ジュヴナイル」は『文学ムック たべるのがおそい vol.7』の特集「ジュヴナイル――秘密の子供たち」のために書いた作品。題名を考えあぐねて、けっきょく特集名をそっくり頂戴した。本作は「自生の夢」の前日譚であり、ある人物の「初恋」を描いている。いつか、この先の未来を書いてみたいとは思っている。

二〇二四年十一月　作者識

飛浩隆

（とび・ひろたか）

1960年、島根県生まれ。島根大学卒。81年、「ポリフォニック・イリュージョン」で第1回三省堂SFストーリーコンテストに入選、「SFマガジン」に掲載されデビュー。83年から92年にかけて同誌に短編10編を発表。10年の沈黙を経た2002年、『グラン・ヴァカンス　廃園の天使Ⅰ』を発表、一躍脚光を浴びる。05年、『象られた力』で第26回日本SF大賞、07年、『ラギッド・ガール 廃園の天使Ⅱ』で第6回Sense of Gender賞大賞、18年、『自生の夢』で第38回日本SF大賞、19年、『零號琴』で第50回星雲賞日本長編部門を受賞。

鹽《しお》津《つ》城《き》

2024年11月20日初版印刷
2024年11月30日初版発行

著者　飛《とび》浩《ひろ》隆《たか》

発行者　小野寺優

発行所　株式会社河出書房新社
〒162-8544　東京都新宿区東五軒町2-13
電話　03-3404-1201（営業）　03-3404-8611（編集）
https://www.kawade.co.jp/

組版　株式会社キャップス
印刷　株式会社暁印刷
製本　小泉製本株式会社

Printed in Japan　ISBN 978-4-309-03936-7

河出文庫　飛浩隆の本

自生の夢

73人を言葉だけで死に追いやった稀代の殺人者が、怪物〈忌字禍〉を滅ぼすために、いま召還される。10年代の日本ＳＦを代表する作品集。第38回日本ＳＦ大賞受賞。

ISBN 978-4-309-41725-7

ポリフォニック・イリュージョン
飛浩隆初期作品集

日本SF大賞史上初となる二度の大賞受賞に輝いた、現代日本SF最高峰作家のデビュー作をはじめ、貴重な初期短編6作。文庫オリジナルのボーナストラックとして超短編を収録。

ISBN 978-4-309-41846-9

ＳＦにさよならをいう方法
飛浩隆評論随筆集

名作SF論から作家論、書評、エッセイ、自作を語る、対談、インタビュー、帯推薦文まで、日本SF大賞二冠作家・飛浩隆の貴重な非小説作品を網羅。単行本未収録作品も多数収録。

ISBN 978-4-309-41856-8